Dans le village de Turckheim, rien ne va plus. La clique des mamies en est sûre : quelqu'un saccage leur patrimoine. Mais qui est dans le coup ? Pourquoi les touristes affluent-ils au Zum Lamala pour déguster des plats sans saveur ? Pourquoi les chats perdent-ils la boule ?

Le secret est dans la tarte au fromage blanc de la Winstub du coin. Francine et ses amies en sont convaincues. Et la clique des mamies est bien décidée à sauver leur patrimoine culinaire.

NOTE DE L'AUTRICE

Le joli village de Turckheim et ses traditions m'ont inspiré cette histoire. J'ai pris la liberté de modifier le nom de certains lieux et commerces afin de jouer avec l'imaginaire du lectorat alsacien. Certains sont entièrement fictifs.

Ce roman joue ainsi entre fiction et réalité.

Monsieur le maire et les formidables veilleurs de nuit le comprendront.

1
MISTINGUETTE FAIT LA TÊTE

Le petit-déjeuner est un moment sacré. Francine et ses amies l'ont érigé en art divin. Chacune participe à ce rituel gourmand. Certaines pressent des oranges, d'autres laissent fondre lentement le chocolat dans une casserole de lait chaud ; et puis il y a les becs salés, celles qui découpent des tranches de lard et de *Wurst*[1] car le petit-déj à l'alsacienne tire ses lettres de noblesse par l'association parfaite des saucisses et des viennoiseries.

« La gourmandise est le ciment de l'amitié », Francine le répète depuis des années. Garnir les brioches et plonger les mains dans la farine réunissent les trois demoiselles qui cumulent quarante ans d'amitié, et tout autant de biscuits sablés et de tartines trempées dans du chocolat chaud.

Boulangère à la retraite, Francine continue de pétrir la pâte, de rouler les feuilletés à la cannelle

1. Saucisse de viande

et de glacer les *Schnacka*[2] aux raisins. La boutique est fermée, or son four antique crépite encore. Été comme hiver, la boulangère s'affaire. Elle ne manquerait pour rien son rendez-vous matinal avec ses amies qu'elle surnomme affectueusement «La clique des mamies».

Le groupe s'est formé autour de la boulangère au fil des années. Francine, Babette et Fatiha vivent seules. Célibataires ou veuves, libérées des contraintes du travail, elles sont liées par l'amitié et le goût d'une bière fraîche partagée à l'ombre du lilas en fleurs. Le lilas en question exhale son haleine parfumée dans le jardin de Francine. Sa maison à colombages enchante les touristes qui s'arrêtent devant l'ancienne vitrine transformée en musée de la pâte à sel. Baguettes, miches, bretzels, brioches et croissants sont disposés avec soin dans des paniers en rotin. La boulangère nostalgique continue de décorer sa devanture en y ajoutant des compositions non comestibles au gré de son inspiration.

Elle aurait pu vendre le local, mais elle a préféré le convertir en seconde cuisine. Car la boulangerie en question se situe à son propre domicile. Pendant des années, Francine a vécu enveloppée de la

---

2. Brioche au raisin en forme d'escargot, littéralement « petit escargot »

chaleur sucrée des brioches et des *Manala*[3]. Sa demeure respirait les viennoiseries et le bonheur.

Depuis la mort de son mari, elle ne supportait pas d'y vivre seule. Quand Thomas Egler, s'est présenté chez elle pour lui louer une chambre estivale, Francine s'est réjouie d'avoir un peu de compagnie. N'ayant pas d'enfant, la retraitée nourrit beaucoup d'affection pour le jeune homme de vingt-quatre ans. Elle apprécie son calme, sa douceur et son amour pour les chats. D'ailleurs, sa chatte Olympia n'a pas montré le bout de ses moustaches depuis que son pauvre maître s'est cassé la jambe lors d'une randonnée dans les bois. *C'est tout Thomas !* pense Francine avec un sourire triste. Un vrai solitaire, proche de la nature, capable de passer des nuits entières à arpenter les sentiers sinueux des Vosges une lampe torche collée au front et le strict minimum dans son sac à dos. Combien de fois lui a-t-elle recommandé de cesser ses randos de vagabond ? Thomas est une tête de mule. Le genre de garçon à vivre dans une autre époque, sans portable, sans réseaux sociaux. Le jeune homme doit certainement se faire violence pour répondre aux quelques SMS envoyés par la gentille propriétaire. Convalescent, il profite du calme de la maison familiale et refuse les visites. En même temps, ses

3. Signifie « jeune homme » et également utilisé pour nommer les brioches en forme de bonhomme dégustées à la Saint Nicolas.

parents sont en vacances à l'autre bout du monde, et jouir du cadre d'une belle demeure à Stosswihr au cœur de la vallée Munster sera bénéfique à son rétablissement.

Un garçon calme, réservé et sensible, voilà de quoi apporter une touche de tendresse au quotidien de Francine et de Turckheim. Tout le monde raffole de Thomas Egler. Son rôle lui sied à merveille. Les villageois apprécient son respect des traditions et sa façon de les perpétuer à une époque où l'on oublie facilement les rites et la magie des conteurs nocturnes.

Turckheim n'est pas resté longtemps sans gardien. Dès que Laura Schultz, la maire, a appris l'accident de Thomas, elle l'a remplacé par un jeune aussi affable que charmant. Deux qualités fondamentales pour l'élue municipale soucieuse de donner une image séduisante de son village. C'est ainsi qu'Arthur Meyer s'est retrouvé vêtu du costume d'époque composé d'une robe noire et d'un tricorne, ainsi que de ses accessoires, dont une lanterne, un cor et une hallebarde. Natif d'Orbey, cet étudiant en arts du spectacle a passé la plupart de ses étés à Turckheim auprès de ses cousins. Il est un enfant du pays *Welche*[4]. Formé l'été précé-

4. Pays Welche : canton de Lapoutroie formé par cinq communes, où l'on ne parle pas Alsacien mais un patois datant de l'époque carolingienne originaire de Lorraine et donc à racine latine « la langue Welche »

dent, il attendait la retraite d'un des anciens avant d'arpenter les ruelles étroites et mystérieuses. Sa surprise a été totale quand il a été appelé afin de soulager les trois autres veilleurs se relayant durant l'été. Ainsi, pour lui faciliter la tâche, la maire a demandé à Francine de l'héberger à son tour.

Francine aime justement les traditions, et elle est fière de les perpétrer en logeant ceux qui les transmettront aux générations futures. Vivre à Turckheim la plonge dans l'histoire de sa région et ses mœurs séculaires. Elle aime les rondes de nuit et les soirées médiévales, les fêtes de fin d'année et la magie du marché de Noël. La maire s'est battue pour remettre ce folklore au goût du jour en le modernisant. Veilleurs plus jeunes, tournées rythmées par des chants authentiques retransmis dans des haut-parleurs accrochés aux façades des maisons du centre, Laura Schultz n'a pas lésiné. Francine apprécie ses efforts, mais elle déplore sa volonté de changer leur petit village en un haut lieu touristique. En sept années à la tête de la commune, la maire a accepté l'ouverture de nombreux restaurants attirant des clients gobant avec enthousiasme des plats insipides et hors de prix. Attirer du monde, telle est la devise de l'élue, quitte à bafouer la gastronomie locale en ouvrant les bras à des restaurateurs en carton. Voilà pourquoi Francine préserve son local. Car elle craint de le voir changé en une enseigne sans âme où l'on vend des cafés rallongés avec du lait en poudre et aussi sucrés qu'un soda.

Victor Wagner, le patron du *Zum Lamala*[5], lui a fait de nombreuses offres alléchantes. Francine persiste, elle ne cèdera pas sa boutique à un restaurateur pas fichu de préparer sa propre pâte à pain pour réaliser des *Flammenkueche*[6] !

La retraitée préfère contribuer à l'animation du village en alimentant son âtre. Le rideau baissé, son four ancestral crépite et embaume le quartier en caramélisant de belles fournées de *Kougelhopf*[7]. Les brioches aux raisins enchantent la kermesse de l'école, la fête des voisins ou celle du village. Hyperactive du haut de ses quatre-vingt-un ans, elle est incapable de passer une journée sans jardiner, pétrir, ou piquer de jolis points de croix à l'effigie de Mistinguette, sa chatte aux allures de diva.

D'ailleurs, Francine n'a pas vu la miss depuis la veille. Un coup d'œil au coucou Suisse lui indique que ses deux amies ne vont pas tarder à arriver les bras chargés de victuailles sucrées. La plupart du temps, elles ne se gênent pas pour la rejoindre directement au jardin. Un petit havre de paix dans la grand-rue animée de Turckheim. Dans les an-

5. Au petit agneau

6. Tarte flambée : tarte salée composée d'une pâte à pain très fine, de fromage blanc, oignons et lardons. Le tout cuit dans un four à bois.

7. Brioche alsacienne aux raisins secs et décorée d'amandes.

nées quatre-vingt, Francine et son mari Bernard n'avaient pas hésité une seconde avant d'acheter cette charmante maison de ville avec son local commercial et son jardinet tout droit sorti d'un dessin champêtre d'Hansi[8]. Année après année, Bernard, paysagiste dans l'âme, l'avait modelé afin de créer un lieu calme et chaleureux. On ne pouvait accueillir plus de cinq personnes dans le jardinet, mais tout le monde y trouvait son compte et chantait les louanges de ce cadre préservé et ombragé.

Ce matin, Mistinguette volatilisée, Francine est frappée par l'absence de son mari. Veuve, ce jardin est son unique lien avec Bernard. Allongée sur un transat, Mistinguette ronronnant sur son ventre, elle apprécie de rester dans la fraîcheur des hauts hortensias aux couleurs changeantes. Chaque détail a été travaillé par son mari, et elle veille à ce que rien ne soit bousculé. Les fleurs éphémères côtoient les azalées et les deux érables japonais s'épanouissent près d'un petit bassin attirant les libellules. Dans ce fouillis coloré, la pétillante Francine retrouve la sérénité caractérisant son défunt mari. Quinze ans après son départ, elle sent toujours sa présence quand le lilas éclot au printemps et que son souffle sucré enchante la terrasse ombragée par

8. De son vrai nom Jean Jacques Waltz, il est dessinateur-illustrateur alsacien. Ambassadeur des traditions populaires, il a rendu célèbre le costume alsacien du pays de Hanau (au nord de l'Alsace) devenu l'emblème de l'Alsace connue dans le monde entier.

un toit de glycines tombant en grappes bourdonnantes d'abeilles rassasiées de pollen.

Après avoir disposé sa porcelaine fleurie sur un immense plateau garni de petits pains et de financiers aux myrtilles, Francine y ajoute une coupelle de lait à l'attention de sa boule de poil aussi lunatique qu'une star hollywoodienne.

— Mistinguette ! Le petit-déjeuner est prêt ! s'exclame-t-elle en passant sous le toit de glycines bleues.

Les victuailles déposées sur la table en fer blanc, elle fait le tour du jardin. Pas de trace de la diva. La chatte a pourtant l'habitude de s'étendre sous le transat avant le lever du jour, mais ce matin, elle a entièrement déserté son espace.

Francine n'est pas à l'aise à l'idée de Mistinguette errant dans les rues. La chatte est assez âgée et n'a jamais eu à se défendre pour casser la croûte. Dodue, elle réclame chaque matin son lait et ses croquettes. Elle sait se frotter à sa maîtresse afin de la soudoyer, ou donner un petit coup de griffe quand elle estime que le temps de caresses de « chat majesté » est révolu.

C'est une chatte d'intérieur, pas une racaille des rues, pense la boulangère en s'agenouillant devant les hortensias pour débusquer sa starlette à moustaches.

— Alors, tu as encore perdu tes lunettes ? la nargue Babette en entrant par le portail.

Francine virevolte, des toiles d'araignée dans les cheveux et les lunettes de travers. Babette se précipite pour poser ses affaires et soutenir son amie dont le regard indique qu'elle n'a pas le cœur à rire.

— *Yeuh Schötzala*[9]! Je ne voulais pas te faire de peine ! s'exclame-t-elle en la prenant dans ses bras.

La petite Francine paraît toute menue contre son amie. Babette est une femme à la peau chocolat, ses cheveux rasés parés d'un joli foulard noué avec élégance. Grande et corpulente, elle porte de superbes tenues colorées et une paire de lunettes rondes et bleues lui donnant l'allure d'un Jean-Pierre Coffe au féminin…avec un langage aussi franc et fleuri que le regretté critique culinaire !

— Bah, si tu crois que tu peux arroser tes hortensias en pleurant dessus t'as tout raté ! Pisse un coup ça ira mieux !

La pique de Babette lui arrache un sourire.

— Je suis inquiète, Mistinguette est sortie, impossible de mettre la main dessus.

— C'est vrai qu'elle risque sa peau à Turckheim, notre village est si dangereux.

— Arrête un peu de plaisanter. Les chats sont partout les mêmes. Il y a toujours des loubards

9. Ma petite chérie

pour fouiller les poubelles et se disputer le fond d'une boîte de thon !

Babette se retient d'éclater de rire. Turckheim est plutôt réputé pour son calme, et les chats y sont mieux lotis que dans les grandes villes.

— Viens t'asseoir un peu, j'ai apporté un gâteau au rhum et à l'ananas, tu m'en diras des nouvelles.

— Du rhum dès le matin ?

— On ne plaisante pas avec le goût ! S'il y a de l'ananas, il faut du rhum ! rit Babette en l'entraînant sur la minuscule terrasse.

Le grincement du vieux portail annonce l'arrivée de Fatiha à l'air aussi déconfit que Francine. Son chemisier couleur perle est de traviole, tout comme ses longs cheveux blancs lui tombant devant les yeux.

— Salut les filles, désolée pour le retard. J'ai passé une nuit d'enfer ! s'excuse-t-elle tout en déposant un superbe plateau garni de pâtisseries orientales entourant une théière qui sent bon la menthe et le miel.

— Toi, tu as fait des biscuits jusqu'à l'aube, constate Francine en lui collant un *Schmoutz*[10] sur la joue.

— Pas moyen de dormir ! Les chats du quartier étaient de sortie et ça miaulait et grognait de

10. Petit bisou

partout. Je vous jure, on aurait cru que la maison s'était changée en vibromasseur !

Babette éclate de rire avant de chiper un Birouate[11] aux amandes.

— Tu dois t'y connaître pour oser cette comparaison !

Fatiha lui répond par un clin d'œil complice à faire rougir les roses du jardin.

— Tu n'aurais pas vu ma Mistinguette par hasard ? demande leur hôtesse en s'attablant.

Ses amies l'imitent. Ce matin, l'appétit n'est pas au rendez-vous. Fatiha et Babette se retiennent de grignoter les merveilles disposées sur la table pour ne pas vexer leur amie ayant la tête ailleurs.

— Il ne me semble pas l'avoir aperçue, lui répond Fatiha en prenant sa main avec douceur. Ne t'en fais pas, elle va revenir ta Mistinguette. Elle a un tempérament de reine, je suis sûre qu'elle a déjà trouvé un mâle pour la nourrir à la béquée. Il n'y a pas plus chic et autoritaire que ta chatte !

— Mais oui, tout va bien, surenchérit Babette en remplissant trois tasses de thé à la menthe. Te morfondre ne changera rien. Nous allons déguster ce bon petit-déjeuner, et si tu veux, je suis même prête à arpenter les rues avec toi pour la débusquer. Au pire, si elle est tombée sous le charme d'un chat de

11. chausson oriental en forme de triangle garni d'une farce sucrée ou salée

gouttière, elle reviendra pleine avec un sourire de Mona Lisa…

— Je ne la vois pas chaparder des saletés dans les poubelles avec les autres matous du quartier, répond Francine, penaude. Je ne sais pas pourquoi cela m'angoisse autant. Vous savez qu'Olympia a disparu depuis presque dix jours ? Thomas est fou d'inquiétude ! Et s'il lui était arrivé malheur…et si…

Les deux amies se lèvent aussitôt pour l'entourer de leurs bras et la réconforter. Francine ne craque pas souvent, et elle est encore moins habituée à se mettre la ratte au court-bouillon pour un pet de travers.

— *Schötzala*, tu as de quoi être chamboulée. Thomas qui s'est cassé la patte, deux chats qui disparaissent et un petit nouveau au-dessus de ta tête ça fait de sacrés changements, consent Babette.

Francine ravale ses larmes. Babette lit en elle comme un livre ouvert. Elle n'a jamais eu à se confier pour être comprise par son amie. La Congolaise adoptée par l'Alsace a le cœur sur la main et une capacité d'empathie sans limites à l'image de son appétit.

— Ce n'est pas tout, mais tes roulés au raisin vont refroidir, et je les adore encore chauds !

— Au fait, il est comment le petit nouveau ? Aussi agréable que le grand maladroit qui s'est pété une guibole ? s'enquit Fatiha friande de ragots.

Le sourire aux lèvres, Francine se met à table. Autant divertir ses amies en les nourrissant de quelques potins ! Parler d'autre chose occultera son anxiété. Surtout que le nouveau locataire est plus intéressant que le précédent. Alors que Thomas excellait dans la discrétion, Arthur est un bon vivant aimant siffler une dernière pinte avant de gagner la chaleur de son lit. En une semaine, Francine a eu le temps de suivre ses petits rituels et manigances nocturnes. Non pas que la propriétaire soit d'une curiosité maladive ! En quarante ans de métier, elle s'est habituée à être debout avant cinq heures du matin. Chaque jour, Francine continue sa fournée de pains qu'elle distribue aux voisins comme on sème des graines de bonne humeur. Sauf que ses dernières fournées ont été troublées par le comportement d'Arthur.

— Il est rentré avec une copine dès le troisième jour, chuchote-t-elle.

— Ne me dis pas que tu as eu peur de les gêner avec ton remue-ménage matinal ? rit Fatiha. Le gosse doit dormir à poings fermés après une nuit de travail !

— Chut ! Un peu de respect quand même ! Arthur a le droit d'avoir un jardin secret. Enfin, il fait tout pour l'entretenir, continue Francine. Il a ramené une fille il y a trois nuits de ça. Je les ai entendus tous les deux, et je peux vous dire qu'elle n'était pas là pour lui faire réviser le chant traditionnel des veilleurs de nuit !

— Et qui est cette fille mystérieuse ?

— Aucune idée. Elle est passée comme un courant d'air, affublée d'un châle cachant son visage. Elle ignorait que je me trouvais dans la cuisine et pouvais la voir, pourtant elle a agi comme si c'était le cas.

— Attends, le gamin aurait une liaison avec une femme mariée ? Ou peut-être une notable du coin ?

— Fatiha, doucement. Je ne veux pas être mauvaise langue, mais je suis sûre qu'Arthur était ravi d'avoir sa propre chambre ici pour se rapprocher d'une Turckheimoise. Tu sais bien qu'il vient d'Orbey, il est possible qu'il profite de son job d'été pour passer du bon temps avec une fille d'ici. Vu sa tenue et sa silhouette, je miserai plus sur une gamine de son âge. Je ne comprends pas pourquoi ils se cacheraient. Arthur a vingt-deux ans, il est majeur, pourquoi s'embêter à me cacher une relation ?

— Il a sans doute peur qu'une vieille perverse les mate en train de s'amuser, suggère Babette goguenarde.

— Rigole ma belle, rigole. J'ai le sentiment que ce gosse a vraiment la trouille d'être vu. Il a longé les murs avec sa copine bien avant de mettre les pieds ici. Il a peur, c'est sûr.

— Si la gamine est mineure et que son père est un dur à cuire, ça pourrait être une bonne raison de se cacher, explique Fatiha. Mon vieux m'aurait mis une raclée s'il avait su…

— Pour toi et Mimi ! s'exclament ses deux amies. On connaît l'histoire !

Le rire est un bien meilleur ciment que la gourmandise, se dit Francine en croquant dans une corne de gazelle. *Quoi que ?*

Les arômes de fleur d'oranger et d'amande l'apaisent. Pourquoi s'inquiéter autant ? Les chats ont aussi le droit d'être libres et de s'amuser un peu. Un parfum libertin flotte dans la demeure de la boulangère. L'arrivée d'Arthur a tout chamboulé, et Mistinguette a certainement été gagnée par la même euphorie. Pendant que sa maîtresse se morfond pour elle, la chatte doit passer du bon temps à l'image du locataire arpentant les rues de Turckheim à la nuit tombée.

— Bonjour mesdemoiselles ! s'exclame Arthur en les rejoignant.

Les trois amies rougissent, surprises par l'arrivée impromptue du jeune homme. Fringuant et souriant, il a l'allure d'un mâle ayant passé une nuit en agréable compagnie. Habillé d'un pantalon noir et d'une chemise blanche, Arthur a l'air prêt passer un entretien d'embauche. Il a même pris la peine d'attacher ses cheveux blonds en catogan avec un élégant nœud de soie noire. Un sourire en coin révélant une adorable fossette, il observe la clique des mamies de ses yeux bleus toujours rieurs. Une chose est sûre : la maire a du goût en matière de jolis garçons. Avec un physique pareil, elle peut rameuter un peloton d'admiratrices.

— Et bien, tu te lèves tôt ! Je te pensais moins matinal, s'étonne Francine en lui tirant une chaise. Tu vas où habillé comme un prince ?

— Ne vous embêtez pas pour moi, je vais manger au *Zum Lamala*. Ils ouvrent le matin à partir d'aujourd'hui. Vous saviez qu'ils ont prévu de faire de leur *Winstub*[12] le premier café alsacien à proposer de la tarte au fromage blanc au petit-déj ?

— Le père Wagner serait capable de cuisiner une vraie *Käsekueche*[13] ? grince Francine qui ne supporte pas le gérant du restaurant.

Arthur manque de s'étouffer avec la corne de gazelle qu'il vient de voler pour se mettre en appétit. Les joues en feu, il avale une grande rasade de thé. Les invitées ont bien compris qu'il était gêné par la façon dont Francine s'est exprimée au sujet de Victor Wagner, et elles s'en amusent, devinant le lien entre ce grand gringalet et le restaurateur le plus ambitieux de Turckheim.

---

12. Une winstub est un type de bar-restaurant à vin traditionnel spécifique de l'Alsace et de la Suisse alémanique. Prononcée « wïnchtoup », littéralement win=vin, stub=pièce chauffée en hiver dans les maisons.

13. Se prononce « Käsekuecha » Le « a » est une prononciation typiquement haut-rhinoise, les personnages étant natifs de Turckheim.

— T’en fais pas mon cœur, Victor ne traîne pas dans le coin, il a trop peur que Francine le chasse à coups de *Schloppa*[14] ! se moque gentiment Babette.

— Bon, n’empêche, parle-nous de son dessert. Victor a beau me sortir par les trous de nez, je brûle d’en savoir plus, dit Francine.

— Et bien, je peux vous assurer qu’elle est divine. J’ai eu l’occasion de la goûter en avant-première hier, et c’est une merveille ! Le succès de son restaurant sera mérité, vraiment. J’ai mis mon costard parce que la presse va venir. Tout le monde est au courant ! Vous n’avez pas vu les affichettes ? Il va y avoir une dégustation gratuite et un petit concert dans le nouvel espace prévu pour les cafés gourmands.

Une Winstub converti en salon de thé, voilà de quoi raviver la hargne de Francine. *Et pourquoi ne pas vendre des hamburgers tant qu’il y est ?* Le goût de l’argent ne l’attire pas, et encore moins les hommes d’affaires comme Victor avides de tout changer en or, quittent à transformer le patrimoine alsacien pour convenir aux touristes. Un restaurant moitié Winstub, moitié salon de thé…autant ouvrir un Mc Café® ! Francine n’en revient pas. Thomas n’aurait jamais eu l’audace de mettre un pied dans ce genre de lieu. Cela ne conviendrait pas à un veilleur de nuit de qualité.

---

14. chausson

— Francine, ne faites pas une tête pareille. De toutes celles que j'ai mangées, votre tarte reste la meilleure. Ne soyez pas jalouse, et venez donc profiter de la fête.

— Vas-y le premier, on t'y rejoindra plus tard, répond-elle d'une voix éteinte.

Ennuyé d'avoir brisé la magie de ce moment partagé entre amies, Arthur se fait tout petit et file rejoindre la rue grouillante de monde.

— Vous savez quoi ? Je parie sur la fille de Victor Wagner, déclare Fatiha.

— Comment ? Tu penses qu'elle prépare leur pâtisserie emblématique ? s'étonne Francine.

— *Jo tü*[15]! Oublie un peu sa Käsekueche, vous n'êtes plus en compétition, riposte Babette. Il n'a qu'à avoir du succès, s'il est assez intelligent pour rouler les gens, qu'il en profite ! Lâche prise, la gastronomie alsacienne ne dépend pas de toi.

— Il va massacrer un pan de notre patrimoine culinaire, je le sens bien.

— Je me ferai du souci pour Arthur, il se fera massacrer le premier. Tu as vu sa réaction quand tu as parlé du *Père Wagner* ? lui rappelle Fatiha. La nana avec qui il fricote, je mets une pièce sur Magalie, la fille de Victor. Jamais il ne la laisserait sortir avec un simple étudiant en arts du spectacle,

---

15. Yo toi !

Welche qui plus est ! Arthur n'est pas assez bien pour le GRAND Victor Wagner !

— *Vertomi*[16]! La maire aurait pu faire revenir un des anciens veilleurs. Ce jeune n'a pas fini de m'apporter des soucis.

— Au moins il nourrit nos potins ! se réjouit Babette.

16. Réduction de « Gott Vertomi », juron utilisé par tout alsacien un tant soit peu bougon. Se prononce « fertomi »

2
TURCKHEIM BY NIGHT

— Francine, il est presque vingt-trois heures, j'ai les pieds en compote, on ferait mieux de rentrer nous coucher. Il faut t'y faire ! Mistinguette a dégoté un endroit où se la couler douce ! chuchote Babette.

Son portable à la main, Francine balaie les jardins loin du centre du village. Parfois, elle débusque un hérisson ou un mulot, et souvent, elle ne distingue rien à part des tables bien rangées et des arbustes taillés avec minutie. Tout est carré, calme. Beaucoup trop calme. Les chats du quartier semblent volatilisés. On n'entend pas le moindre miaulement, pas la moindre querelle de territoire. Les chiens sont tous endormis dans leur niche. Pas un seul ne court après les matous. La sérénité du village agace le trio progressant dans la nuit.

— C'est fou, la nuit dernière tous les chats étaient de sortie, et aujourd'hui, on ne voit ni la pointe d'une oreille ni le bout d'une queue, constate Fatiha.

— Retournons du côté des restos du centre, insiste Francine. Si Mistinguette s'est acoquiné avec un chat de gouttière, on peut espérer qu'ils fassent les poubelles.

— Attends un peu, c'est pas toi qui disais qu'elle n'était pas du genre à se battre pour des restes ta minette ? s'étonne Babette.

— Elle n'est pas non plus du genre à quitter son petit confort, on peut s'attendre à tout. Si ça t'ennuie tant, je ne te retiens pas ! On a déjà rebroussé chemin parce que tu as les pieds en charpie. Rentre donc, on se débrouillera sans toi.

Babette ne riposte pas. Elle comprend que Francine soit ennuyée, d'autant plus qu'elle s'était portée volontaire pour l'aider. Si seulement elle avait troqué ses superbes sandales bleues contre des baskets ! Malgré tout, elle tient bon et suit ses amies tout en promenant sa lampe dans les moindres recoins.

— Venez par ici, on n'a pas assez regardé du côté de la Place Turenne, propose Francine.

— Les chats n'ont pas pour habitude de boire un coup à la Winstub du coin, rit Fatiha pour détendre l'atmosphère.

Son amie ne l'écoute pas, d'un pas déterminé, elle traverse la rue et la remonte comme une flèche. Fatiha garde le rythme. Elles ont déjà parcouru un quart du village.

Babette a mal aux pieds à force de cogner les pavés du centre, et puis sa robe trop longue la gêne. Rester dehors après vingt-deux heures n'est pas dans ses habitudes. Elle apprécie la douceur des soirées d'été. Bien souvent, elle s'endort sur sa terrasse, un livre à la main et un léger châle jeté sur les épaules. Il faut de bons arguments pour la sortir de son cocon, et Babette sait combien Mistinguette est importante pour son amie. La chatte est arrivée quelques années après le décès du mari de Francine. Une adorable boule de poils noirs née sous les hortensias bleus tant aimés de Bernard. Elle était seule. Une sorte de miracle de la nature, une chatte née des fleurs et nourrie de pistil et de miel. La perdre serait un second veuvage.

— Babette, remue-toi un peu ! l'interpelle Fatiha en tête de la marche.

— Si cet abruti de Victor n'avait pas rameuté tout le gratin de la région pour son dessert, on aurait eu la journée entière pour arpenter les rues. Mais non, il a fallu que les curieux viennent en masse ! maugrée Babette en rejoignant ses amies réunies sous la porte de France, vestige de l'enceinte fortifiée.

— N'empêche, je suis convaincue que sa pâtisserie ne mérite pas un tel succès. Victor a le bras long et les gens sont stupides. Il suffit d'inviter quelques pointures, de leur glisser des billets pour qu'elles affirment avoir mangé la meilleure tarte de leur vie, et ça y est, les gens affluent pour avaler tout leur *Drëcksack*[17] un grand sourire aux lèvres ! peste Francine. Sans oublier qu'ils paient très cher et sont fiers de se photographier devant une part baignant dans un immonde jus de groseilles surgelées.

Les filles ne pipent mot. Leur amie a besoin de se passer les nerfs. C'est tout Francine. La force tranquille. Calme et chaleureuse, elle monte en puissance comme une Cocotte-Minute et peut exploser de façon fracassante quand la soupape est sous pression. Il faut dire que la cocotte a été mise à rude épreuve aujourd'hui.

Le ballet des journalistes et des badauds ne s'est arrêté qu'après la fermeture du *Zum Lamala.* Victime de son succès, le restaurateur a arrêté le service peu avant vingt heures, négligeant celui du soir au profit d'une journée consacrée à la vente et à la dégustation de sa fameuse *Käsekueche*. Francine s'était attendue à une défaite fracassante. Elle avait même quitté sa charmante maisonnette pour voir les gens abandonner leur part sur les nappes à carreaux de la grande terrasse. Rien ne s'était passé comme elle l'espérait. Victor remportait la

---

17. Littéralement « sac à saleté », insulte qui signifie « sale type » ou dire « de la merde dans un bas de soie ». ici jeu de mots pour insulter à la fois le restaurateur et dire qu'il fait de la merde. se prononce « drèksok »

partie. L'homme qui n'avait pas su gagner le cœur de Francine, et encore moins le local de sa boulangerie prenait sa revanche. Un goût aigre emplissait la bouche de la boulangère. Le fromage blanc avait tourné. Laissant une saveur de défaite sur son palais.

Et puis, tout ce remue-ménage ralentissait ses recherches pour retrouver Mistinguette. Personne ne se souciait de « chat-majesté ». Tout le voisinage, la presse, les touristes et les hautes sphères alsaciennes s'étaient réunis pour avaler de monstrueuses parts de tartes et applaudir le bonimenteur. Comment appeler autrement un homme ayant bâti son empire sur des formules d'immondes *Fleischschnakas*[18] à volonté accompagnés de frites surgelées[19] ? En parfait commercial, Victor a toujours su faire de l'argent. Pas la popote. Pourtant, sa pseudo cuisine vient de faire carton plein.

Francine fulmine. C'est un coup dur pour elle. Un sacré coup de poignard. Victor sait où frapper pour l'atteindre, pour briser des années de combat afin de maintenir les valeurs du terroir. Sa recette du célèbre dessert alsacien, elle peut la remiser. Les gens aiment les beaux parleurs, les emballages

18. Avouons que ceux de Wagner n'en portent que le nom !

19. Tout Alsacien sait que cette spécialité à base de pâte à nouille et de viande de pot au feu hachée, est simplement servie dans un divin bouillon ou mijotée dans de la sauce tomate.

attrayants et le divertissement. Victor a tout réuni pour écraser son ancienne rivale, celle qui lui volait ses clients et qui avait piétiné son cœur en préférant la compagnie d'un homme simple et sans fortune.

Retrouvant le coeur du village, Francine traîne des pieds, maudissant la terrasse du restaurateur. Tout est calme à présent. Les tables et les chaises pliées contre la devanture se reposent sagement, attendant le service du matin. Car il y en aura un. Avec sa formule « s'morje-Esse[20] », Victor va attirer les curieux. Surtout après son coup de pub !

— Il n'y a rien à voir ici, murmure Fatiha en la prenant doucement par le bras.

— Il a réussi. Notre village va devenir un centre touristique, une saleté d'endroit où les gens sont heureux de s'exhiber devant le dernier lieu à la mode. On va basculer dans un show artificiel.

— Cela n'arrivera pas, assure Fatiha en l'entraînant de l'autre côté de la rue.

Babette reste sur place, tout près de la porte d'entrée, attentive, les mains posées sur les hanches.

— BB, tu prends racine ! l'interpelle Fatiha.

— Chut, j'ai cru entendre un truc.

Les deux amies la rejoignent quand un bruit de verre brisé retentit suivi d'un éclat de voix. Elles s'arrêtent net. Ça vient du Zum Lamala, plus particulièrement de l'arrière du restaurant. Placé de-

20. petit-déjeuner, se prononce « s'moria-assa »

vant l'entrée, le trio ne perçoit que des bribes de conversations étouffées. Il leur suffirait de faire une trentaine de pas pour suivre l'angle de la rue et rejoindre l'arrière de la Winstub. Toutefois, elles restent immobiles. Francine a collé son oreille à la porte d'entrée tout près de Babette, et ses yeux sont écarquillés d'horreur.

— J'entends des miaulements, ça grouille de vie là-dedans. Faisons le tour, propose Babette. On pourrait passer par l'arrière-cour.

Un cri retentit dans la nuit. Une femme se débat.

— On ferait mieux de déguerpir, suggère Fatiha. Victor a dû éveiller la jalousie de certains commerçants. Le boucan du jour fait de l'ombre aux concurrents.

— On ne va pas rester les bras croisés, dit Francine, quelqu'un est peut-être en danger. On se rapproche, et s'il le faut, on appellera la police.

Nos trois demoiselles se précipitent à pas feutrés pour ne pas attirer l'attention. Longeant les murs, elles remontent la rue perpendiculaire pour rejoindre l'arrière du restaurant où Victor a l'habitude de réceptionner sa marchandise.

— Le portail est ouvert, constate Fatiha en voyant l'ombre des battants se projeter sur le trottoir.

— Ils sont dehors, dit Francine en se rapprochant.

Les jambes tremblantes, elles avancent dans la pénombre, guidées par le grondement d'une dispute entre un homme et une femme. Arrivées à quelques pas du portail, les trois amies s'agenouillent devant le muret sur lequel des panneaux occultants ont été coulés dans le béton. Par chance, il existe encore un interstice de quelques centimètres entre le muret et la première planche du panneau. Francine n'a qu'à y glisser un œil pour entrevoir un couple se querellant devant la porte de la cuisine de la Winstub.

L'homme leur tourne le dos. Elles voient distinctement Magalie Wagner. Éclairée par la lumière d'une guirlande festive, elle est d'une beauté à se damner. Des jambes d'une longueur étourdissante, des yeux noisette et une longue chevelure aux nuances ambrées, la serveuse est encore plus séduisante à la lueur des étoiles. Les bras croisés, le nez en l'air, elle feint l'indifférence. Pourtant, ses mains triturent nerveusement son tablier, et sa voix cassée trahissent son émotivité.

— Fiche le camp d'ici, je ne veux plus te voir rôder dans les parages !

— Je ne partirai pas. Tu ne m'empêcheras pas de t'aimer !

— Je te l'ai déjà dit, c'est fini entre nous. Maintenant, fous-moi la paix.

Francine se mord les lèvres pour ne pas pester contre le nouveau veilleur de nuit dont elle a reconnu la voix.

— Voilà un mystère de résolu, lui dit Fatiha. Ton petit locataire s'est mis dans un sacré pétrin en tombant amoureux de la fille de Victor.

Francine se tord pour mieux voir à travers l'interstice. Arthur s'est rapproché de Magalie et tente de l'étreindre, mais la serveuse recule.

— Fiche le camp Arthur, tu ne fais qu'empirer les choses.

Sa voix est vibrante. La clique de mamies peut sentir la détresse de la jeune femme.

— Tu avais dit que tu resterais avec moi à condition que notre relation demeure secrète. On a pris des précautions. J'ai une chambre à moi maintenant, et ma logeuse n'est pas du genre à colporter des ragots.

— Ne cherche pas à savoir, c'est comme ça. Il faut qu'on arrête tout, le jeu n'en vaut pas la chandelle.

Arthur ne l'écoute pas, il lui saisit le bras et l'attire pour l'embrasser avec fougue. Magalie le repousse du plat de la main.

— Oublie-moi, dit-elle avant de lui tourner le dos.

D'un geste brusque, Arthur l'attrape par l'arrière de son tablier. Elle fait volte-face et lui assène une gifle.

— J'aurais dû écouter Thomas, les Wagner n'en valent pas la peine, peste-t-il en crachant par terre.

— Ouais, laisse tomber. Mon père a raison, je vaux bien mieux qu'un saltimbanque. Retourne à ta vie de misère.

Le ton aigre de Magalie hérisse les poils de Francine. Tout sonne faux, surjoué. La jeune femme en rajoute pour repousser les ardeurs d'Arthur et tuer l'amour dans l'œuf. Elle est folle de lui, ça crève les yeux.

— Tu n'en penses pas un mot, tu fais ça pour ton père !

Arthur avance vers elle. Magalie recule en lui faisant face. Elle n'ose pas lui tourner le dos. Il l'effraie. Les mains cherchant une poignée, elle pousse la porte de la vieille grange collée aux cuisines et tombe à la renverse.

— Bordel ! jure-t-elle.

Des dizaines de chats lui filent entre les jambes et foncent dans la cour. Statufié, Arthur ne parvient plus à articuler un mot.

Les trois amies se redressent et se ruent devant le portail. Quitte à être vues. Elles s'en fichent, ce qui compte est de récupérer la chatte disparue au milieu de la dizaine de matous bien dodus déboulant dans leur direction.

— Mistinguette ! crie Francine en courant après sa chatte.

Reconnaissant la voix de sa maîtresse, Mistinguette s'arrête et se retourne. Elle est grasse, le poil hirsute. Rien à voir avec la diva jouant à cache-cache avec les papillons sous le perron.

— Qu'est-ce qui se passe ici, on vous a gavés comme des oies ?

Elle se baisse pour la prendre dans ses bras, contre toute attente la chatte la foudroie du regard avant de lui griffer le visage. Choquée, Francine reste à genoux au milieu de la rue, regardant sa chatte s'enfuir.

Elle se tourne et constate qu'Arthur a profité de la débandade pour filer à l'anglaise. Le garçon est certainement passé à côté du trio trop accaparé par leur étrange découverte.

Tout est redevenu tranquille. Seuls les battements de cœur de Francine contrastent avec la douceur de cette nuit d'été.

— Francine, ça va ? lui demandent ses amies en l'aidant à se relever.

— Dès demain on retourne ici, déclare-t-elle en passant un mouchoir sur sa joue blessée. Il faut qu'on sache ce qu'ils font de nos matous…

— Ils les utilisent peut-être pour farcir leurs Fleischschnakas ? suggère Babette pour détendre l'atmosphère. Franchement, j'ai la chair de poule. Pourquoi garderaient-ils des chats dans leur débarras ?

— Va falloir percer le mystère.

Et voilà la clique au cœur d'une enquête sans queue ni tête. Ou plutôt à poils et à moustaches. Francine ne pensait pas avoir l'âme d'une Arabesque ou d'un Sherlock, mais il est question de Mistinguette et de l'intégrité de la gastronomie alsacienne. Elle ne peut plus retourner en arrière.

Elle a les deux pieds dans le fromage blanc, et elle est loin de se douter qu'elle va s'y empêtrer comme une souris se débattant dans un pot de crème.

3
UN SECRET MAL GARDÉ

— Tu en as mis du temps pour descendre.

Arthur s'arrête avant d'atteindre la dernière marche. Il est presque midi. Il pensait échapper à Francine en sortant à une heure où elle serait au jardin à siroter une citronnade. Il est évident que la retraitée l'attend de pied ferme.

— *Kum to Kind*[21], on a à parler tous les deux.

Nerveux, il passe dans le vestibule menant au petit salon. Il reste un instant immobile. La logeuse a pris dix ans en une nuit. Peu de gens connaissent son âge. À quatre-vingt-un ans, Francine est aussi coquette et active que dans sa prime jeunesse. Elle doit cet élixir de jouvence à son tempérament et son goût pour les petits plaisirs de la vie. S'inquiéter n'est pas dans ses habitudes, et aujourd'hui, ses traits sont tirés, creusés par une longue insomnie.

Assise sur une chaise à bascules, une infusion froide à la main, elle fixe le vestibule. On dirait qu'elle a passé des heures à l'attendre, dans la même

21. « viens ici gamin » se prononce « koum to kénd »

position, son regard rougi par le sommeil et la colère posé sur l'escalier.

Le veilleur de nuit serre nerveusement les poings. Il s'en veut car il sait qu'il est en partie responsable de l'état de Francine. On croirait qu'elle est tombée du lit, au sens premier du terme ! Ses yeux sont si cernés qu'elle ressemble à une chouette. Une drôle de chouette jaugeant un gamin débraillé et pâle. Un chagrin d'amour peut vous voler de précieuses années. Francine le sait bien. Elle en a consolé des couples brisés. Les éclairs au chocolat et les mille-feuilles sont de fabuleux antidépresseurs, et la boulangère ne manquait pas de glisser un mot doux aux amoureux éconduits s'épanchant sur son comptoir. Arthur a besoin d'un bon chocolat chaud accompagné de chouquettes au sucre. Mais le garçon devra attendre avant que la gentille mamie ne panse les plaies de son amour piétiné. Avant, elle a un interrogatoire à orchestrer, et elle ne va pas le laisser filer.

— Ne reste pas planté là.

— Désolé de vous avoir fait passer une mauvaise nuit, dit-il un peu gêné. J'aurais dû venir vous parler quand vous êtes revenue de votre…

Il en perd ses mots. Votre quoi ? Comment définir ce genre de sortie ? Il a bien vu les trois mamies fureter avec des lampes-torches. Elles avaient l'air de vouloir fourrer leur nez dans les affaires de Victor Wagner.

— Tu as perdu ta langue ?

— Je suis un peu gêné. J'ai l'impression d'avoir assisté à un truc illégal. Vous avez l'habitude de fouiner chez les Wagner à pas d'heure ?

— On cherchait Mistinguette. Rien à voir avec ton odieux beau-père.

Arthur serre les poings à l'évocation de Victor. Se laisser déborder par la colère n'est pas dans ses habitudes, pourtant le père de Magalie agit sur lui comme une traînée de poudre.

— Soyez sans crainte, cette histoire est finie, réplique le garçon sans en penser un mot. Fréquenter une Wagner n'apporte que des soucis :

— Pauvre *Schötz*[22], assieds-toi près de moi, tu sais que je peux recoudre n'importe quoi ? Alors un amour brisé ! C'est de la gnognote !

— Enfin, pour recomposer un cœur en miettes il faudrait un miracle.

— Je suis boulangère de métier, les miettes ça me connaît. Il suffit de beaucoup d'amour, de beurre et de sucre pour redonner vie à une pâte destinée à la poubelle. Dis-moi Manala, tu ne comptais pas jeter ton cœur aux ordures ?

Arthur esquisse un sourire. Il a grandi sans grand-mère, et la douceur et l'humour de Francine lui donnent le baume dont il a tant manqué. Toute la maisonnette respire la tendresse et la bienveillance de la propriétaire. Les orchidées placées dans

22. chéri

la véranda, les vieilles chaises en rotin couvertes de coussins brodés, chaque détail est d'une adorable délicatesse. Tout ce qu'effleure Francine tient du trésor. Hormis le tricot ! S'il y a bien un loisir qu'elle adule et dans lequel elle rit de sa médiocrité, c'est bien celui-ci.

Arthur hésite un instant avant de prendre place sur le petit sofa jaune citron. Francine y a étendu un imposant ouvrage en crochet aussi laid qu'inutile. Le genre de déco qui glisse dans le dos et que l'on s'acharne à réajuster à la façon de la maîtresse de maison.

Il se mord les lèvres tant il a envie de rire. Impossible de détourner le regard de l'hideuse couverture dont les mailles disparates feraient jaser un certain personnage campé par Thierry Lhermitte. *Je ne vous jette pas la pierre Francine, mais votre plaid est idéal pour sortir les poubelles,* pense-t-il en s'asseyant dessus. Il se retient d'éclater de rire. C'est nerveux. Quand tout va mal, on rit d'un rien. Et le rien en question a bien plus l'allure d'une serpillère que d'un élégant jeté de canapé.

La nervosité prend vite le dessus face au silence de la logeuse. Elle attend qu'il parle. Arthur ne sait pas par où commencer. Il est bien trop ennuyé d'avoir été surpris en pleine dispute avec Magalie.

Francine pose une main sur la sienne. Il cesse aussitôt de les triturer nerveusement. La paume de la mamie a la chaleur et la douceur d'un baiser posé sur le front. Ce sont des mains blanches et agiles d'une élégante grand-mère qui veille à se vernir les ongles et à nourrir sa peau d'une crème parfumée à la lavande.

— Il faut bien un chagrin d'amour pour connaître la saveur du véritable coup de foudre, dit-elle en plongeant son regard bleu dans le sien.

— Vous avez l'air de vous y connaître.

— Oh tu sais, on ne m'a pas brisé le cœur, c'est moi qui ai piétiné celui d'un homme. Depuis, je suis devenue son obsession. Ne donne pas tant d'importance à une femme aussi froide. Sauf si tu veux devenir fou.

Arthur frémit. Devenir fou. Dans l'arrière-cour des Wagner, au moment où il avait attrapé Magalie pour lui voler un baiser, il avait perdu son sang-froid. Et si cet amour incendiait sa raison ?

— Les femmes sont parfois cruelles sans s'en rendre compte, continue Francine plongée dans de douloureux souvenirs.

— Je ne vous imagine pas briser un homme.

— Comment crois-tu que Victor a troqué le sien pour une caisse enregistreuse ? Oui, j'ai dix ans de plus que lui, en vérité j'étais un sacré petit lot. Même à quarante-six ans. Toutefois, j'étais mariée, amoureuse, et totalement sourde et aveugle à ses demandes incessantes. Dis-toi bien qu'il a mis autant de passion à me conquérir qu'à construire son empire surgelé.

— Francine, quel est l'intérêt pour moi de savoir tout ça si c'est foutu avec Magalie ?

— Pour te mettre en confiance l'asticot ! Je m'ouvre à toi, je te montre que je connais bien Victor, je sais qu'il est capable de tout et qu'il veut certainement me faire payer la note...oui, c'est ça, une note bien salée. Il a tenu les comptes pendant des années et maintenant il kidnappe ma chatte pour réclamer une rançon ! C'est ça ? C'est bien ça ?

Francine tremble. Elle n'arrive pas à cacher son trouble.

— Je crois que vous êtes un peu à cran et à côté de la plaque, sans vouloir vous offenser.

— Ah bon ? Prouve-le ! Dis-moi ce que Mistinguette faisait là-bas.

— Je n'en ai aucune idée. Et je suis sûr d'une chose : je n'ai jamais entendu parler de vous quand j'étais chez eux. Victor a passé l'éponge sur votre « histoire ».

— Cela ne prouve rien.

— Ou ça prouve tout. Magalie s'est beaucoup confiée. Vous savez pourquoi je souffre tant ? Cette fille était sincère. Elle me parlait de tout, et surtout de son père, et pas un seul mot concernant un quelconque chagrin d'amour. Wagner vous a oubliée. Tout ne tourne pas autour de vous.

Douche froide.

Francine a lâché la main d'Arthur. Elle se baisse et prend sa tasse de thé. Ses doigts tremblent sur l'anse. La fatigue la ferait-elle délirer ? Serait-elle obsédée par le passé au point de perdre tout discernement ?

— Vous avez raison sur un point. Victor a un tiroir-caisse dans la poitrine. Magalie est en conflit avec lui parce qu'il ne jure que par l'argent. L'argent et son image. Alors, laisser sa fille sortir avec un mec comme moi c'est juste impossible. Voilà la raison de notre dispute hier. Magalie m'aime, son père ne veut rien savoir de moi.

— Concernant les chats ? Il en fait quoi ? C'est un trafic ?

— Je vous l'ai dit, je n'en sais rien. Ils sont sortis de la réserve. Personne ne va là-bas. Magalie a ouvert la porte par mégarde. Elle a sans doute découvert les chats en même temps que vous et moi.

— Tu en apprendras plus lorsque tu la reverras.

— Je vous l'ai dit. Elle m'a plaqué.

— Écoute, je te connais à peine mais je sais comment sont les jeunes. Ta Magalie, tu l'as dans la peau. Tu retourneras la voir.

— Ne me jugez pas aussi vite...

— Tttt ! Elle t'aime aussi. Je me suis emportée tout à l'heure, la famille est la seule responsable dans cette affaire…

— Et vous voulez que ça se finisse à la Roméo et Juliette ? Son vieux est prêt à la marier au premier notable du coin pour garnir son portefeuille. Si elle continue de me voir il va la forcer et elle ne pourra jamais s'émanciper.

Arthur est au bord des larmes. Francine n'a perçu que la partie émergée de l'iceberg sentimental. Le garçon est prêt à tout pour que la fille de son cœur soit libérée d'un père étouffant. Même à la perdre.

— Tu es vraiment un bon petit, dit-elle en se levant. Allez, accompagne-moi en cuisine. Je vais te préparer une fournée de chouquettes au sucre. Il n'y a rien de mieux pour soulager les maux d'amour.

— Pas sûr que cela fonctionne.

— Je faisais carton plein chaque quinze février. Les chouquettes sont un mets de choix pour soigner la désillusion.

Elle va vers son ancien local à l'opposé du petit corridor. Deux silhouettes se tiennent devant la porte à demi vitrée et s'apprêtent à toquer.

— Salut les filles, dit Francine en ouvrant à ses amies.

— Ma pauvre, toi tu n'as pas dormi ! s'exclame Fatiha en l'embrassant.

— Vous faites quoi ici ? Je vous ai manquée ?

— On s'est dit que ce serait bien d'aller enquêter sur le terrain, histoire de voir ce que l'autre *Kloufi*[23] magouille avec nos chats, répond Babette qui a troqué sa robe pour un jogging rose fluo.

---

23. imbécile

Resté derrière Francine, le veilleur de nuit se penche pour être vu.

— Vous ne comptez pas jouer aux détectives quand même ?

— À nos âges on ne craint plus rien ! rétorque Babette. Ma petite Francine, va donc te changer et te repoudrer le nez, avec ta mine d'enterrement on risque de ne pas obtenir de table.

Francine esquisse un sourire. Elle sait qu'elle peut compter sur le dynamisme et la fidélité de ses amies pour la soutenir à toute épreuve. Et l'épreuve du jour se nomme Victor Wagner.

Changée et pomponnée, elle reste un instant devant la glace. Elle n'est pas parvenue à masquer la griffure sur sa joue.

C'est bien la première fois que Mistinguette se montre agressive. Francine a aussi envie de sortir les griffes, d'affûter ses ongles et de mâter Victor et ses drôles de combines à poils et à moustaches. Mais elle doit rester discrète. Le nouveau concept de Winstub sans vin, sans âme et avec beaucoup d'infusions et de sucre (appelez donc ça un salon de thé ! *Kopfklemi*[24]!) doit encore attirer les curieux.

Francine a eu du flair. Le trio a à peine franchi le corps de garde qu'il se trouve au milieu d'une foule compressée déambulant avec leurs assiettes en carton et leur *Käsekueche*. Arthur les suit sans trop sa-

24. Expression utilisée à tout-va pour exprimer la stupeur, le mécontentement, la colère.

voir pourquoi. Peut-être dans l'espoir de voir Magalie. Ou parce que cette histoire de chats l'intrigue à son tour. Il doit justement veiller au bien-être des habitants de Turckheim. Son rôle folklorique consiste à perpétuer la tradition et rappeler que ses prédécesseurs gardaient l'œil sur les habitations pour éviter les départs de feu. Et si un incendie était sur le point de brûler la ville et que son foyer se trouvait sous ses yeux, au *Zum Lamala* ? On dit que l'habit ne fait pas le moine. Et le loup, aurait-il pris l'allure d'un agneau pour mieux se mêler aux villageois ?

Arrivée au centre du village, la clique des mamies se fige. C'est la cohue au *Zum Lamala*. Les autres restaurateurs font le pied de grue devant leur terrasse. Leurs efforts sont vains, l'attraction se trouve de l'autre côté du pavé. De nombreux journalistes ont à nouveau fait le déplacement pour vanter la cuisine de la Winstub devenue populaire en quelques heures. Les notables du coin ont la meilleure table sous un parasol géant. Francine identifie quelques figures de la région, dont un chef cuisinier, un critique gastronomique, et Claude Heinrich reconnu pour posséder une imposante raffinerie de sucre en Haute-Alsace[25].

Francine est troublée, en vérité, Claude Heinrich n'est pas le genre d'homme à laisser les femmes

25. lieu et établissement fictifs

indifférentes. Plus jeune que Victor, élégant, le cheveu poivre et sel à la Georges Clooney, une carrure de rugbyman, le physique du raffineur annonce un esprit fort, inflexible. Il possède toutes les cartes de la réussite, et ce n'est pas un hasard s'il déguste une pâtisserie au *Zum Lamala*. Quand il y a de l'argent à flairer, Claude pointe le bout du nez. Et aujourd'hui, la caisse enregistreuse déborde de billets, tandis que les voisins des autres terrasses ont triste mine.

La Taverne Alsacienne a baissé son rideau pour la journée. Si tout le village s'agglutine au même endroit, autant ne pas ouvrir les fourneaux. Apathique, Bertrand Muntz mordille nerveusement un cure-dent tout en observant la terrasse bondée du restaurant concurrent. Francine a de la peine pour lui. Bien qu'il joue dans la même catégorie culinaire que Victor Wagner, Bertrand est plus chaleureux et moins porté sur l'argent que son voisin. Elle est attristée pour lui et Hugo, son fils tout juste sorti de la Fac affublé d'une casquette et de baskets de marque.

— Bon, moi j'y vais ! s'exclame Babette en jouant des coudes pour se faufiler dans une queue disparate et indisciplinée.

Ses amies la suivent. Beaucoup de clients se tiennent debout, une assiette à la main et harcèlent les serveuses pour obtenir une nouvelle part. Le restaurant semble sur le point d'imploser et de vomir sa clientèle compressée à l'intérieur.

— Je crois voir une table libre tout près de la porte, dit Arthur qui domine le groupe de son mètre quatre-vingt-sept. Magalie est en train de la nettoyer.

— J'y suis déjà ! s'exclame Babette.

Partant en éclaireuse, Babette atteint la table avant un jeune couple, surpris d'être dépassé par une mamie en jogging rose fluo.

— *Hopla*[26] les filles c'est réservé ! s'exclame-t-elle en s'asseyant tandis que Magalie finit de poser des serviettes et des couverts propres.

— Vous avez un sacré culot ! D'autres personnes attendent depuis plus longtemps que vous ! s'exclame la serveuse avant de blêmir.

Arthur ose à peine la regarder. Le mal est fait. La lèvre inférieure de la jeune femme tressaute nerveusement et ses yeux humides parlent à sa place. *La pauvre enfant est sur le point de pleurer, mein Gott ! L'amour !* pense Francine en rejoignant Babette.

Tout sourire, le patron du restaurant rejoint sa fille et lui pose une main sur l'épaule pour qu'elle se ressaisisse.

— Laisse, ces trois personnes sont mes invitées d'honneur, elles peuvent s'installer. Disons qu'il s'agit d'un privilège.

---

26. Mot d'encouragement ou d'ironie qui ne se traduit pas mais qui pourrait signifier « Allez ! » et qui s'utilise de la même façon.

— Papa…

— Ninine, tu es la bienvenue ! coupe-t-il en serrant la main de Francine.

Francine se force à sourire. Elle ne supporte pas ce mignon surnom que le restaurateur lui affuble comme s'ils étaient intimes. Victor est plutôt bel homme du haut de ses soixante-douze ans. Ses cheveux blancs coupés à la brosse et sa moustache épaisse composent parfaitement avec ses yeux bleus pétillant de malice. Pourtant le charme n'opère pas sur la retraitée.

— Je ne pensais pas te voir ici, ma chère Ninine, poursuit-il en lui adressant un clin d'œil.

— Faut croire que les miracles existent. Il paraît que ta tarte cartonne et qu'elle est en train de devenir incontournable, rétorque Francine surprise de son ton aimable.

— Merci du compliment. Je vous fais apporter trois parts j'imagine ?

— Quatre, nous avons un ami avec nous, dit-elle en désignant Arthur. Remercie donc le nouveau veilleur de nuit. Il dort chez moi le temps de son contrat estival et ne fait que vanter ta cuisine.

Le sourire de Victor se change en grimace. Il n'accorde pas un regard à Arthur et se contente de tirer une chaise d'un geste faux frisant la comédie.

— Veuillez vous asseoir mademoiselle.

Francine grince des dents. Le comportement du restaurateur l'insupporte. C'est tout Victor. Un vrai bonimenteur, le genre de charlatan à user de formules toutes faites pour enchanter la galerie. Elle grimace, au bord de la nausée. Heureusement, elle est sauvée par un mouvement de foule. Les gens s'écartent de bon cœur, faisant place à la maire. Cette joyeuse petite femme, un brin potelée et amoureuse du terroir, est une figure des terrasses Turckheimoises. Quadragénaire, elle fait partie des plus jeunes élues haut-rhinoises, et elle est fière de s'afficher pour soutenir les commerces et augmenter sa cote de popularité. Du haut de son petit mètre soixante-trois, elle a belle allure avec son carré châtain soigné, ses lunettes blanches et son maquillage un peu trop appuyé. Elle sait se mettre en valeur et joue très bien entre l'image d'une politicienne moderne et d'une bonne vivante. Un peu rondelette, vêtue de tenues gaies et colorées, elle est proche des citoyens et n'hésite pas à partager un bout de table durant les festivités estivales pour déguster une Knack arrosée de bière.

— Victor ! Il faut être Premier ministre pour obtenir une place chez toi ? hurle-t-elle en mettant ses mains en porte-voix.

— Mesdemoiselles, veuillez m'excuser, déclare le restaurateur en prenant congé.

Victor parvient à se frayer un chemin et à faire décamper une table dont les assiettes viennent d'être vidées. Cette fois la coupe est pleine. Le couple mis sur la touche par Babette enrage et fond sur le patron qui se confond en excuses. La tension monte. Francine et ses amies sont prises dans un étau. Les badauds déboulent de partout. Ils ne prêtent aucune attention aux clients assis sur la terrasse pleine à craquer. Ils se poussent, ils se dressent sur la pointe des pieds pour voir où finit la file interminable.

— Ça va être difficile d'être servies dans ces conditions, constate Fatiha serrée comme une sardine.

Même les serveuses ne peuvent plus passer de table en table. Un torrent de clients se déverse sur la petite place. Les yeux fous, les lèvres encore maculées de sucre, ils réclament une deuxième part et font fi des convenances.

— Je crois que c'est le moment idéal pour voir ce qui se trame dans les coulisses, dit Francine en se levant.

— Je m'en occupe, coupe Babette. Victor t'a à l'œil.

— Parce que tu te crois discrète avec ton jogging en Malabar©? rétorque Fatiha.

— Personne n'ose me marcher sur les pieds. Laissez-moi faire. Arthur, tu me suivras. Si Magalie est dans les parages, tu te charges de l'éloigner.

Le garçon opine du chef. La curiosité est trop forte pour abandonner en cours de route. Ils se lèvent et entrent dans le restaurant. La salle principale est comble. Personne ne leur prête attention. Les gens parlent fort, abrutis de sucre et de crème. Le regard pétillant, ils mangent et parlent bruyamment, réclamant de nouvelles parts aux employés sur piles électriques.

— C'est par ici, indique Arthur en désignant une porte près des sanitaires.

Babette fonce sans réfléchir. Tout ne tient qu'à une poignée de minutes. Après avoir été désagréable durant leurs recherches nocturnes, elle se sent obligée de réparer son erreur en aidant son amie.

Elle n'est qu'à quelques mètres de la porte quand elle tombe nez à nez avec Magalie portant un plateau de vaisselle sale.

— Vous allez où comme ça ?

— Faire pipi, je ne suis pas là pour la vaisselle !

— C'est derrière vous. Changez donc de verres ! Ici il est écrit « Réservé au personnel ».

— Ne sois pas trop dure avec cette mamie, sourit Arthur en les rejoignant. Tu as vu la foule ? Même moi je suis un peu paumé. Babette, les toilettes sont juste là.

Elle lui adresse un remerciement et file dans les sanitaires. Appuyée à la porte, elle tend l'oreille afin de savoir si Arthur s'est débarrassé de Magalie.

Blafarde, Magalie passe son plateau à une serveuse filant en cuisine et reste droite comme un I, les bras croisés sur la poitrine.

— Je t'ai demandé de me lâcher et tu viens ici en plein jour, tu es malade ?

— C'est toi qui me rends malade, dit-il en lui effleurant la joue. Si tu ne veux plus de moi, dis-le-moi tout de suite.

Magalie ne prononce pas un mot. Elle recule instinctivement. Arthur en profite pour la pousser vers le mur et l'embrasser. Cette fois, à l'abri des regards, protégée dans l'angle menant aux cuisines, la serveuse perd ses moyens et répond aux baisers de son amant fraîchement éconduit.

Poussant la porte, Babette jette un œil au couple avant de filer dans la pièce interdite. Par chance, la porte est ouverte. En même temps, qui irait fureter dans un restaurant à part l'inspection sanitaire ?

L'ancienne grange est plongée dans le noir complet. Seule une forte odeur d'urine l'informe que de nombreux animaux ont fui les lieux il y a peu de temps. À l'aide de son portable, elle parvient à éclairer la pièce.

Jetées pêle-mêle, des dizaines de cages jonchent le sol. Certaines sont défoncées. Les barreaux tordus comme si on les avait frappées à coups de pied. En bonne détective en herbe, Babette prend des photos. Il faut des preuves.

Sans trop savoir ce qu'elle souhaite prouver, elle fouine, elle tourne certaines cages, cherchant un indice, un petit détail expliquant pourquoi Mistinguette s'est retrouvée ici.

La lumière s'allume subitement, éclairant les fesses de Babette qui a l'air d'une énorme guimauve à la fraise.

— Vous cherchez quelque chose ?

Babette se raidit, se redresse, le cœur battant dans la gorge. Elle ne peut pas tricher devant Victor. Dire qu'elle cherchait les toilettes serait avouer les vraies raisons de son intrusion.

Elle doit la jouer fine.

Elle se tourne vers lui et le jauge en posant les mains sur sa taille.

— J'ai cru entendre du bruit. Des miaulements peut-être. Vous savez que ce genre de grange est le lieu idéal pour mettre au monde une portée de chatons ? Vous devriez condamner cette pièce avant que toutes les femelles du quartier rappliquent.

— C'est fort possible, répond Victor avec un sourire faux. Revenez donc en terrasse, je ne voudrais pas que vous vous blessiez.

Babette se sent l'âme d'un lieutenant en imper couleur taupe. Elle ne fume peut-être pas le cigare, cela ne l'empêche pas d'avoir un incroyable sens de la déduction.

— Je n'ai pas pu m'empêcher de voir que vous aviez de nombreuses cages. Vous comptiez peut-être vous lancer dans l'élevage de chatons ?

— De lapins, répond Victor du tac au tac. Que ferais-je avec des chatons ma chère Babette ? Je suis restaurateur, pas vendeur animalier !

— Des cages à lapins....

— Votre lapin à la moutarde il sort d'où à votre avis ? Les clients veulent du frais. Je vais leur montrer qu'ils peuvent déguster ce qu'il y a de meilleur.

— M'enfin, pensez déjà à rénover les lieux. Vos cages sont tellement malmenées que je m'inquiète des conditions d'élevage de vos futurs lapins.

— Vraiment, Babette, si je ne vous connaissais pas un peu, je vous trouverais a *Bessala*[27] suspicieuse. Vous ne comptez pas appeler la SPA ou un truc du genre ?

— On me surnomme aussi BB, mais je ne vais pas m'enflammer comme mon homologue Brigitte. Il n'y a pas d'animaux ici, alors sur quelles preuves vous accuser ? Allez, ce n'est pas tout, une tarte au fromage blanc m'attend !

— Fouiner ouvrirait l'appétit ? se moque Victor qui la fait passer dans le restaurant.

— Vous m'ôtez les mots de la bouche.

27. « Un petit peu » peut aussi se dire « A betzala », le B se prononce P

4

PAS DE NOUVELLES MAUVAISES NOUVELLES !

La seconde cuisine de Francine s'est changée en bureau d'enquête. Le grand tableau blanc consacré aux recettes de ses pains accueille à présent des dizaines de clichés en format A4. Arthur a été assez gentil de dompter l'imprimante Epson® datant d'une autre décennie aussi capricieuse et mal embouchée qu'un ivrogne. Après de longues minutes d'attente, entre les crachotements et les soupirs exaspérés de l'antiquité qui pensait bénéficier d'une retraite bien méritée, Arthur est parvenu à obtenir quelques agrandissements corrects des photos prises par Babette.

Campée sur le plan de travail, les talons tapant les portes contenant casseroles, poêles et moules en tous genres, Francine mordille nerveusement un cure-dent. N'importe qui dirait qu'elle tente de se donner un style « détective » avec ce bout de bois minuscule fiché entre les lèvres. Il s'agit surtout d'une vieille habitude. Certains auteurs souffrent du syndrome de la page blanche, pour Francine, c'était le syndrome du carnet de recettes vides. Quand elle manquait d'idées, elle se hissait sur le plan de travail habituée à recevoir d'autres miches que les siennes, et restait un moment immobile. Son cure-dent allant et venant de chaque coin de sa bouche, elle cherchait la nouveauté, la recette exceptionnelle qui ferait briller sa boulangerie. Aujourd'hui, elle renoue avec ses anciennes habitudes. Maternelle, Fatiha lui conseillerait de se calmer, de ne pas se mettre autant de pression pour une chatte en quête de liberté. Mais Francine tient bon, hors de question d'abandonner.

D'ailleurs, elle n'a pas remarqué que le jour s'était levé. Francine commence à s'habituer aux nuits blanches et à la tension nerveuse l'empêchant de fermer l'œil. Et cette fois, elle a de quoi alimenter une nuit de questionnements et d'angoisses. Son tableau blanc est aussi riche en photos que celui d'un profiler.

Il faut dire que Babette s'est vraiment prise au jeu de la fouineuse de service. Elle avait mitraillé la pièce avec son portable, espérant dénicher un indice au milieu des innombrables caisses et gamelles renversées.

— Une chose est sûre, Victor ment, constate Francine en entourant des croquettes éparpillées sur le sol avec un Stabilo®.

Il y nourrissait des chats, dans quel but ? s'interroge-t-elle tout en observant les images pour la centième fois. Toujours rien. Francine bloque. La seule chose qui l'interpelle est l'état de certaines cages écrasées, défoncées. Elle imagine bien Victor se ruer dessus sur le coup de la colère. Si tel était le cas, le restaurateur devait avoir un intérêt à garder ses otages poilus. Un intérêt financier évidemment.

— Monsieur tiroir-caisse a-t-il trouvé une nouvelle façon de s'enrichir ?

Francine y croit à peine. Il existe des moyens moins alambiqués pour gagner de l'agent. Non, vraiment, les chats ont certainement une autre utilité. Mais laquelle ? Sur son bloc-notes, elle a listé quelques hypothèses. Sauf que le chat se mord la queue ! Elle tourne en rond et revient au mobile initial : l'argent. Victor est un couard. Il choisit la facilité, comme acheter en gros des frites congelées et les balancer dans une huile bon marché. Il ne prend pas de risques par peur de ne plus fidéliser sa clientèle habituée à une médiocrité égale à l'échelle nationale de la restauration. Pourquoi enlèverait-il les chats du voisinage ? Les gens auraient fini par mener leur enquête et le dénoncer.

— Il est déjà difficile de faire adopter des chats adultes à la SPA, je ne vois pas comment Victor pourrait transformer son trafic en marché juteux, poursuit Francine.

Elle tourne en rond. Peut-être a-t-elle tort de se malmener. Il est possible que les chats du quartier aient transformé la grange en une sorte de QG. Cette explication pourrait presque tenir la route. Sauf que Victor a menti au sujet des cages. Les croquettes prouvent que les chats étaient bien nourris, sans doute pas de sa main. Une personne savait ce qui se tramait.

Francine se masse vigoureusement les tempes. Elle a un mal de tête magistral à force de réfléchir.

La sonnerie du téléphone l'arrache à ses pensées. Elle se dit que ses copines doivent l'inviter à sortir un peu. Prendre l'air lui ferait du bien.

Elle se fige en voyant le nom de Mathilde Egler sur son écran. La mère de Thomas n'appelle qu'en cas de force majeure. Elle décroche, un peu chamboulée.

— Bonjour Mathilde, comment allez-vous ? Des nouvelles de Thomas ?

— Très peu, répond la mère d'une voix éteinte. Il n'a même pas pris la peine de nous appeler depuis qu'il s'est cassé la jambe.

— Je n'ai pas pu lui parler non plus. On échange quelques messages. Ça en reste là. Je ne m'en inquiète pas outre mesure, Thomas n'est pas un garçon loquace et je sais qu'il a horreur du téléphone.

— Tout de même ! Il pourrait répondre à ses parents ! On voulait revenir des Antilles, mais il a insisté pour que l'on profite de nos vacances. Je peux vous dire que là, nous sommes prêts à sauter dans le premier avion. Vous comprenez, on s'est dit que vous pourriez aller jeter un œil chez nous, prendre directement de ses nouvelles.

Francine reste muette d'étonnement. Thomas a beau être solitaire, elle ne l'imagine pas ne plus donner de nouvelles à sa pauvre mère. Pour le coup, elle comprend la peur de Mathilde et se sent gagner par une légère appréhension.

— Cela vous dérangerait d'aller faire un tour pour vérifier s'il se porte bien ? poursuit Mathilde. Je sais que ce n'est qu'une jambe cassée et que Thomas est introverti, j'ai d'ailleurs beaucoup de mal à communiquer avec lui en temps normal... là, je ne comprends pas ! À situation exceptionnelle comportement exceptionnel, non ?

Francine peut sentir l'angoisse de la mère du veilleur de nuit. Même au bout du monde une maman reste fidèle au poste.

— Écoutez, cela fait un moment que je veux passer le voir. Je n'osais pas trop, de peur de le déranger. Votre appel est un excellent prétexte pour lui secouer les puces. Condamner sa maman à une telle angoisse, ce n'est pas raisonnable ! J'en profiterai pour arroser le potager et le jardin, ce qui sera sans doute inutile. Thomas est incapable de laisser une fleur faner. Communiquer avec les plantes est plus facile que de parler à sa famille et aux amis !

À main verte, tête verte ! Mais bon, avec une guibole en vrac...

— Vous pourrez m'appeler après votre visite ? coupe Mathilde qui ne semble rien avoir écouté des tergiversions d'une grand-mère accro au jardinage.

— *Hàt net Ankscht*[28] Mathilde, je suis sûre que Thomas flemmarde sur votre terrasse et a coupé son portable pour jouir du calme. C'est un loup solitaire, on ne le changera pas.

— S'il y a quoi que ce soit, vous prendrez le double de la clé à l'intérieur de l'escargot en poterie posé sur le petit pont. Il suffit de le retourner, il y a une ouverture en dessous.

— Je prends note. Tout ira bien. Je vais gentiment lui tirer les oreilles et il vous rappellera.

Mathilde se confond en remerciements avant de raccrocher, laissant Francine seule face à son tableau d'enquête féline.

— Bon les minous, c'est assez pour aujourd'hui je vous rejoins plus tard. J'ai un autre mystère à résoudre.

Il est déjà neuf heures. La nuit blanche a été complète. Cette fois Francine n'est pas dans le même état de fatigue que la première. Au contraire, les recherches la stimulent et lui transmettent une force nouvelle. Et puis, elle est plutôt ravie à l'idée de rendre visite à Thomas. Ce fichu garnement lui manque. Faut dire qu'Arthur est moins présent que

28. N'ayez pas peur.

le précédent veilleur de nuit. Thomas pouvait passer des heures à tailler et arroser les hortensias du jardin. D'ailleurs ils n'ont jamais été aussi beaux. Rien que pour ça, le garçon mérite une petite visite. *Un joli bouquet égaiera son chevet*, pense Francine tout en se dirigeant vers la minuscule cuisine jouxtant la véranda. Très vite, elle se concocte une agréable collation avant de se rendre sur la terrasse pour profiter de la douceur du matin d'août.

Quelques tranches de pain complet, du fromage, de la confiture de quetsches et un bon café serré lui permettront de faire la route vers Munster requinquée et alerte.

À peine a-t-elle posé les fesses sur sa chaise qu'une patte de velours lui tâte le mollet. Francine croit rêver. Mistinguette lui répond par un miaulement tendre signifiant « bonjour maîtresse ». Le langage félin, elle le connaît par cœur, et il est clair que la diva est revenue par besoin d'affection.

— Jo tü[29], tu viens chercher ta dose de câlins ?

La chatte lui saute sur les genoux avant de blottir sa tête chaude et soyeuse contre son cou.

— Tu m'as tant manquée ma Mistinguette. Ne me refais plus un coup pareil ! Jesus Gott[30] ! Que tu es grasse !

Un peu vexée, la chatte lui tire la langue. Ou serait-ce l'imagination de Francine qui lui joue

29. Équivalent de « toi alors ! »

30. Littéralement « Jésus Dieu », soit « nom de Dieu »

des tours ? Du moins, elle se baisse pour examiner cette langue qui pendouille de façon moqueuse comme celle d'un chien assoiffé. Rien à voir avec le comportement habituel d'un chat. Francine ne s'en étonne pas, les derniers jours ont été tout sauf habituels.

— *Klemi*[31] ! C'est quoi ce truc ?

Sur le bout de ses doigts, Francine a recueilli une drôle de substance laiteuse et collante. Avec délicatesse, elle pose la chatte sur le sol avant de chercher sa coupelle d'eau fraîche sous les azalées rouges.

— Bois un bon coup ma belle. Je ne sais pas ce que tu as mangé pour être aussi grasse et mal en point. Ça t'apprendra à fouiller les poubelles et à traîner chez ce Kloufi de Victor!

Francine avale son petit-déjeuner avant d'enfermer Mistinguette dans le salon. Pas d'évasion pour aujourd'hui ! Elle a assez à faire. Un debrief est prévu dans l'après-midi avec ses copines. Elles ont de quoi alimenter leurs conversations avec l'énigme des chats enlevés et la recette secrète de la tarte de Victor. Parce qu'elles l'ont mangé ce fichu dessert, et entièrement. Francine n'en revient pas. Le dessert n'avait rien de particulier. Son allure semblait industrielle. Trop parfaite pour de l'artisanale. Trop lisse. Pas de texture légèrement granuleuse

31. Version abrégée de « Kopftomi ». Dérivé de « Vertomi »

du fromage. Et pourtant, elle avait un goût de reviens-y comme ces chips bourrées d'additifs pour nous pousser à engloutir tout un sachet.

— La journée va être chargée, soupire Francine en s'installant au volant de sa petite Clio jaune.

Sur le siège passager, elle a posé un joli bouquet d'hortensias roses et bleus ainsi qu'un sac en papier avec de petits pains à la cannelle. De quoi ravir Thomas.

Il ne lui faut qu'une quinzaine de minutes pour rejoindre la jolie ville de Munster. Francine aime ce cadre vallonné s'épanouissant dans une lumière douce et brumeuse en toutes saisons. Munster semble éternellement nimbée d'un élégant voile de lumière nappant les habitations et les rues de ses ondulations enchanteresses. Une ville de conte de fées. Et ceux qui sont perchés en hauteur ont tout le loisir d'observer la majesté de la vallée s'étalant à perte de vue. C'cst le cas des parents de Thomas, notables de Stosswihr, globetrotteurs aguerris ayant transmis le goût de l'aventure à leur fils. Un peu trop cette fois.

En arrivant devant l'imposante demeure le portail est fermé. La retraitcc garc sa voiture juste devant, en même temps Thomas ne risque pas de râler pour passer avec la sienne, on ne roule pas avec une jambe cassée !

Un bras chargé de présents, elle sonne à l'interphone. Pas de réponse. Elle recommence. Rien. Thomas est sans doute dehors en train de profiter du merveilleux espace bucolique.

La demeure surplombe un bois où serpente un ruisseau au murmure enchanteur. Un lieu parfait pour broder en écoutant le frisson mélodieux du vent dans les feuilles d'érables et de bouleaux.

— Allez ma vieille, va falloir passer au-dessus !

Par chance, les murets sont assez bas et Francine parvient à les escalader au prix d'un laborieux effort. Là, elle sent bien ses longues années peser sur ses guiboles. Pas peu fière, elle remet de l'ordre dans son bouquet et son pantalon fleuri avant de monter la petite allée de gravillons blancs.

À quelques mètres de l'entrée, elle découvre le petit pont sur le bassin aux carpes japonaises, l'escargot est bien présent et veille sur son trésor. Francine ne prend pas la peine de chercher la clé et va sonner à la porte. Personne, à nouveau. Cette fois, elle fait le tour pour rejoindre Thomas en terrasse. Elle constate avec inquiétude que tous les volets sont fermés. La maison donne l'impression d'être close depuis longtemps, comme si personne n'y était venu. Francine tente de chasser cette idée mais elle se confirme quand elle découvre la terrasse désertée. Même les transats sont pliés et bâchés.

— Thomas, es-tu seulement venu ici ? demande-t-elle la gorge nouée.

Elle abandonne ses cadeaux sur la table en bambou et court jusqu'à l'escargot pour récupérer les clés.

Les mains tremblantes elle ouvre la porte. L'intérieur est frais. Presque froid. Les fenêtres n'ont pas été ouvertes depuis des semaines, on le sent à l'atmosphère ambiante, au parfum morose des plantes décomposées, asséchées. Personne n'a pris la peine de s'en occuper, ni même de leur laisser un filet de lumière. Francine en a la chair de poule. Tout est mort, figé dans l'attente de Thomas.

— Thomas ?

Seul son écho lui répond. La demeure elle-même paraît surprise d'entendre une voix humaine. Francine peine à garder son calme. Si Thomas n'est pas revenu chez ses parents, où est-il allé après sa chute ? Selon, ses SMS, il avait demandé à un ami de récupérer sa voiture la nuit de l'accident afin de le ramener ici, mais l'avait-il amené ailleurs ? Et pourquoi aurait-il menti sur sa destination. Thomas, mentir. Francine n'y croit pas un instant. C'est justement la franchise du garçon qui l'a séduite dès leur rencontre. Rares sont les hommes à mettre cartes sur table et à montrer leur vraie nature. Un livre ouvert, voilà la façon dont la boulangère voit le veilleur de nuit. Aucun mensonge sur ses pages, aucune tournure ambiguë, lire en Thomas c'est accéder à une âme simple et sans fioritures, une âme ne cherchant pas à se parer pour briller et ne craignant pas de révéler ses fêlures. Aurait-il eu quelque chose à cacher ?

Décidée à y voir de plus clair, elle monte les escaliers pour inspecter les chambres. Sa déception est égale à la peur qui l'envahit. Tout est resté en place, comme si les parents de Thomas avaient fait un grand ménage avant leur départ. La chambre de leur fils unique est parfaitement rangée. Il manque juste le nécessaire de randonnée qui devait accompagner une tente au nom imprononçable rangée en bas d'une penderie.

— Il a peut-être laissé un indice chez moi, murmure Francine dont la voix est à présent aussi éteinte que celle de la mère du disparu.

Elle s'assied au bord du lit, dans la pénombre. Les mains sur les tempes, elle tente de soulager la migraine qui l'assaille. Que va-t-elle dire à Mathilde ? Que son fils n'est pas rentré chez eux, qu'il s'est évanoui dans la nature ? C'est au-dessus de ses forces. De l'aide serait peut-être bienvenue.

Surfant sur le web, elle découvre le numéro de la gendarmerie de Munster et le compose, le cœur lui martelant la gorge.

— Gendarmerie, je vous écoute, déclare une voix affable et féminine.

On sent tout de suite que la jeune fille n'a jamais été confrontée à des situations graves. Le ton de sa voix est trop doux, trop enjoué. Francine se sent presque agressée. Qui est cette personne pour répondre de façon aussi enthousiaste ? N'est-ce pas un numéro réservé aux urgences ?

— Gendarmerie de…

— J'aimerais vous signaler une disparition ! coupe Francine tout de go.

— Bien, la personne disparue est-elle mineure ou majeure ?

— Majeure, il s'agit d'un homme de vingt-quatre ans.

— Disparu depuis combien de temps et dans quelles circonstances ?

Francine reprend tout depuis le début. La nuit de l'accident, le premier SMS de Thomas, l'arrivée dans la nuit d'un ami pour déplacer la voiture, les nouvelles partielles et sans appels.

Elle essaie de ne pas se laisser submerger par l'émotion alors qu'elle détaille les faits. Elle sent qu'elle pourrait dérailler à tout instant. Sa voix se brise plusieurs fois. Comment a-t-elle pu être aussi naïve ? Thomas est trop respectueux, trop attentif au bien-être d'autrui pour ne pas passer un simple coup de fil. Quelque chose ne va pas.

— C'est très grave, je le sens ! Un imposteur décroche à sa place ! Vous savez, j'ai même souvent eu du mal à reconnaître sa façon de s'exprimer dans ses messages.

— Madame, gardez votre calme. Cela fait combien de temps que votre ami a disparu ?

— Un bon mois.

— Pourtant il vous donne des nouvelles régulièrement par SMS, et vous ne vous en souciez pas avant que sa mère vous demande de passer le voir ?

— Il a menti à tout le monde ! Il disait vivre chez ses parents…la maison est vide !

— Madame, elle est peut-être vide depuis bien moins longtemps que ce que vous imaginez. Si ce garçon a une jambe cassée il ne va pas s'occuper des plantes ou autre chose, il est normal que tout soit à l'abandon.

— « Si il a une jambe cassée » ?

— Sa voiture a bien été déplacée de chez vous, non ? Il l'a peut-être cherchée lui-même, vous aviez bien dit que vous dormiez au moment où elle a été récupérée ?

— Il m'a laissé un message pour dire qu'un ami la lui ramènerait afin qu'il soit autonome une fois guéri.

— Et cette voiture ne se trouve pas dans l'allée de la demeure parentale ?

— Non ! Puisque je vous dis que la villa est totalement à l'abandon ! Personne n'y a mis les pieds, pourtant Thomas m'a assuré qu'il séjournait là-bas !

— Ce garçon vit encore chez ses parents ? demande la gendarmette.

— Oui, et alors ? Thomas n'a que vingt-quatre ans, il a le temps de se poser …

— Les jeunes sont parfois prêts à tout pour obtenir un peu de liberté. Ses parents sont en vacances, personne pour le surveiller. Il a peut-être inventé ce subterfuge pour se payer des vacances. Vous savez, il est facile de falsifier un arrêt maladie. Ce garçon a sûrement trouvé le moyen de se la couler douce quelque part sans que personne ne vienne le déranger.

Les explications de la gendarmette sont pleines de bon sens. Elles pourraient coller à beaucoup de jeunes. Pas à Thomas.

— Thomas est bénévole, le métier de veilleur de nuit n'est même pas rémunéré.

— S'il aime tant son travail, peut-être a-t-il transmis un faux arrêt maladie uniquement pour s'assurer de récupérer sa place après s'être amusé avec ses amis.

— Vous ne savez pas de qui vous parlez, il ne s'intéresse à rien d'autre qu'à la nature !

— Et bien, il se paie sans doute un trek...

— Vous avez réponse à tout, vous, n'est-ce pas ?

— Écoutez, pour le moment je ne vois rien d'alarmant. Ce garçon est majeur et peut partir selon son bon vouloir. Vous ne me parlez ni de drogue ni d'alcool, encore moins de mauvaises fréquentations. Rien ne pourrait mettre en danger ce garçon. Comme vous l'avez dit, c'est un «calme», il a trouvé le moyen de rester tranquille sans qu'on le dérange. Avez-vous de bonnes raisons de vous faire un sang d'encre ? Avait-il un comportement particulier avant sa « disparition » ?

— Non, pas vraiment. Il était dans tous ses états parce qu'il avait perdu sa chatte.

Une pause. Francine croit entendre un rire étouffé. En même temps, à quoi s'attendait-elle avec son histoire de chats ?

— Nous ferons une petite enquête de voisinage, lui assure la gendarmette. Et on va essayer de localiser son véhicule. Personne n'a signalé de disparition jusqu'ici, et ce que vous dîtes est peu significatif vu que Thomas communique encore avec vous. Toutefois, si cela peut vous apaiser, je vais prendre ses coordonnées et j'enverrai une petite patrouille dans le quartier pour voir s'il revient chez ses parents. Vous savez, parfois il suffit d'un appel de la gendarmerie pour faire décrocher un téléphone. Il finira bien par répondre.

Francine ne sait plus si elle doit encore parler, remercier son interlocutrice, fulminer, ou lui raccrocher au nez. Elle la laisse conclure le protocole en notant le numéro de téléphone de Thomas ainsi que l'adresse parentale. Sans un mot, elle coupe la conversation. Elle a l'impression d'avoir du sable plein la gorge. Sa bouche est pâteuse, ses lèvres sèches. Cette sensation, elle l'avait ressentie peu avant l'AVC de son mari. Un mauvais pressentiment. Comme si le monde était sur le point de s'effondrer sans que personne d'autre qu'elle ne soit au courant.

Assoiffée, elle descend les escaliers pour rejoindre la cuisine. En ouvrant le frigo, elle manque de tomber à la renverse. Son cœur a un raté. Des boîtes contenant des repas préparés avec amour s'amoncellent et pourrissent sur les tablettes. Un post-it de la main de Mathilde a été collé sur un couvercle « De quoi te nourrir lors de tes retours d'escapade. Prends ton plat préféré pour ta première sortie et congèle les autres. Je t'aime, maman ».

Francine sent ses jambes flancher. Elle a besoin de s'asseoir, de reprendre ses esprits.

Les questions tournent dans sa tête, à lui donner le vertige. Où peut bien se cacher le gentil veilleur de nuit ? Serait-il parti à l'aventure dans les Vosges pour photographier une famille de renards ou de blaireaux ? Au fond, la gendarmette a donné une explication assez crédible. Pourquoi lui aurait-il menti, à elle ? Francine a toujours été une confidente pour Thomas. Il aurait pu lui révéler la vérité.

Elle prend un verre et ouvre le robinet. Évidemment, l'eau a été coupée. Nul doute, la villa est délaissée depuis le départ des parents. Le sable dans sa bouche a fait place à du verre pilé. Avaler sa salive est douloureux. Elle ne peut plus rester dans ce tombeau. Réunissant ses affaires, elle part en prenant soin de cacher la clé à la place adéquate. Remonter le muret est un calvaire. Elle s'y écorche les genoux. Dans la voiture, elle accueille sa bouteille d'eau comme une assoiffée dans le désert, avant de fondre en larmes.

5
LA TARTE QUI REND FOU

Babette et Fatiha déboulent chez Francine sans frapper à la porte. L'heure est grave, leur amie les a tout de suite appelées après la découverte de la maison abandonnée. Pourtant, elles ne s'attendaient pas à découvrir un spectacle de désolation en pénétrant dans celle de leur amie.

— C'est Bagdad chez toi ! Qu'est-ce qui s'est passé ? s'étonne Babette en trouvant Francine dans son salon sens dessus dessous.

Assise par terre, Francine triture nerveusement les restes de son jeté de canapé jaune poussin. Mistinguette l'a littéralement réduit en miettes. Tout comme le bord du canapé et les superbes orchidées renversées dans la véranda. En vérité, c'est un carnage. La chatte s'est transformée en hyène et a mordu tout ce qui lui tombait sous la dent.

— Et vous n'avez rien vu. Mistinguette a pissé partout et la litière est un champ de bataille. J'ai passé une heure à tout nettoyer. Elle a eu une diarrhée du tonnerre de dieu ! On aurait cru que le roi de pétrole avait foré un puit dans mon salon ! Moi qui pensais rentrer chez moi et mettre mes idées au clair, me voilà dans de beaux draps avec une chatte malade !

— Et miss pétrole, elle est où ? s'enquit Babette.

— Enfermée dans sa petite cage de transport. J'ai dû mettre un pull et me couvrir avec des gants pour l'attraper, cette furie voulait m'arracher la peau !

Les lèvres de Francine tressautent nerveusement. Ses jolis yeux myosotis sont secoués de tics. D'habitude inébranlable, elle parvient difficilement à dissimuler son trouble.

— Si j'avais su que j'allais devoir affronter ça en revenant chez moi ! Elle a fini par s'endormir. Le vétérinaire m'a donné rendez-vous en fin de journée, je dois la laisser en observation. Qui sait ce qu'elle a pu manger lors de son escapade ?

— En tous cas, ça la rend furax, constate Fatiha occupée à mettre de l'ordre dans le salon. Quand je vois l'état de tes coussins je comprends mieux pourquoi tu as opté pour des gants et un pull en plein été !

En tant que maniaque de l'ordre, elle remet tout à sa place tandis que Babette veille à câliner son amie et à panser ses plaies. La complémentarité de leurs personnalités matche parfaitement en situation d'urgence, et Francine est soulagée de les avoir à ses côtés.

— Tes orchidées s'en remettront, Mistinguette a juste massacré une hampe sur dix plantes. Le score n'est pas trop élevé, lui assure Fatiha après avoir nettoyé la véranda envahie de terreau et de feuilles déchiquetées.

— Tu diras ça au yucca dans ma poubelle. Elle l'a réduit en allumettes. Bon les filles, on va profiter que la chatte dorme pour s'activer. Va falloir qu'on aille à l'étage. En sortant de chez les Egler, j'ai appelé Arthur pour lui demander s'il m'autorisait à fouiner dans sa chambre pour voir si Thomas a laissé un indice au milieu de ses affaires. Il a accepté à condition que l'on ne touche ni à sa valise, ni au chevet que j'ai vidé avant son arrivée.

— Et tu cherches quoi précisément ? demandent ses amies.

— Quelque chose qui pourrait expliquer le départ de Thomas. Il a peut-être oublié un truc qui nous permettrait de comprendre pourquoi il nous a menti. Une lettre d'une petite amie par exemple. Je serai tant rassurée d'apprendre qu'il a filé avec une amoureuse !

— *Jo Hamel*[32], tu n'as pas du tout l'air de croire en la première option, rétorque Babette.

Francine hoche la tête, en se mordant les lèvres. Elle n'a pas encore osé appeler Mathilde. Pourtant, la mère du veilleur lui a laissé une dizaine de mes-

32. mot intraduisible utilisé pour confirmer une évidence ou pour ironiser. Souvent précédé par « Yo » qui signifie « ouais ». En français on dirait « bien-sûr… » ou « évidemment !»

sages. Pour le moment, elle ne peut se résoudre à alimenter ses craintes.

Babette la prend doucement par l'épaule et l'accompagne à l'étage. En haut, la petite chambre du veilleur baigne dans une douce lumière. Tout est bien rangé. Arthur a fait son lit à l'avance, certainement pour ne pas gêner Francine et se donner bonne figure. L'endroit est exigü. Juste assez de place pour un lit, un chevet, une petite armoire et un minuscule bureau callé sous un vasistas. Pourtant, la pièce est agréable. Elle exhale une bonne odeur de pin, de soleil et de poussière. Francine l'utilisait pour coudre et appréciait la visite des moineaux sur la gouttière.

— Franchement, j'espère que les gendarmes ont raison et qu'il s'agit d'une simple fugue. Enfin, à son âge on ne parle plus de fugue, là est tout le problème ! Thomas est majeur, libre de faire ce qu'il souhaite, de mentir aussi à la maire pour se faire la malle…mais bon, falsifier un arrêt maladie c'est un peu gros tout de même ! Je ne le vois pas orchestrer de telles manigances.

— Oui, un garçon aussi droit et amoureux de son job d'été, pourquoi aurait-il tout lâché du jour au lendemain ? dit Babette occupée à ouvrir les tiroirs du chevet.

Personne ne lui répond, le silence suffit à confirmer ses pensées. Rien ne se tient dans la théorie de la fugue. Théorie reprise maintes fois dans les affaires de disparitions.

— Moi, ça me fout le cafard de fouiner dans les affaires de ce garçon, avoue Babette. C'est comme s'il n'était plus là. Vous savez, c'est cette drôle de sensation que l'on éprouve quand on doit préparer les affaires d'un défunt. On cherche des habits corrects pour la cérémonie et on finit par débusquer des secrets. Des secrets qui le font vivre une dernière fois et qui vous mettent les tripes à l'envers.

Les filles restent muettes. Elles savent que Babette évoque la perte de son petit frère. Abraham n'avait que dix-sept ans quand ses parents l'ont trouvé sans vie dans son lit. Overdose de somnifères. Un chagrin d'amour trop lourd à porter. Le genre de truc que l'on n'imagine pas emporter un gamin dans sa prime jeunesse. Et un adolescent qui part, laisse derrière lui des myriades de souvenirs, des boîtes à chaussures bourrées de coupons de cinémas, de tickets de premiers CD achetés, de mots froissés et défroissés qui ont su blesser et réconforter un cœur déjà trop fragile. Évidemment, la recherche d'indices est éprouvante pour Babette. C'est un saut dans le passé. Elle était déjà adulte à la perte d'Abraham. N'en parlant peu, elle s'était un jour confié sur la difficulté d'entreprendre une relation amoureuse sérieuse et d'avoir des enfants. À quel prix si Dieu était assez cruel pour nous l'enlever au début de sa vie ? Et puis, elle martelait que le barbu auréolé devait avoir un sacré sens de l'humour ou être un sadique en puissance pour rappeler un Abraham de dix-sept ans auprès de lui ! Le prophète qui voulait sacrifier son fils finissait lui-même sacrifié sur l'autel d'amour de ses parents. On ne ressort pas d'une telle tragédie. Francine le voit dans les gestes lents et tremblants de son amie qui tire les livres de la bibliothèque afin de débusquer des mots cachés entre les pages. On voit bien qu'elle a déjà fait cela et qu'elle connait les cachettes d'un jeune sorti de l'adolescence.

— Mince, j'ai trouvé, murmure Babette d'une petite voix.

Un peu fébrile, elle s'assied sur le rebord du lit destiné aux veilleurs de nuits. Elle tient un petit carnet relié en cuir. À l'intérieur, des notes, des dates, un relevé minutieux effectué par Thomas.

— Alors, de quoi ça parle ? demandent ses amies en s'asseyant chacune à côté d'elle.

— C'est un travail de fou. Il était obsédé par la disparition d'Olympia. Regarde Francine, il notait les allées et venues de tous les chats du quartier pour voir le temps qu'ils mettaient à réapparaître. On dirait qu'il se doutait que quelqu'un en avait après les matous du coin...

— Quelqu'un comme Victor ? souligne Fatiha.

— Peut-être bien. Cela paraît totalement fou. Cette histoire de chats est le seul élément perturbateur entourant la «disparition de Thomas».

Francine s'exprime en mettant parenthèses et guillemets. Comment parler de disparition sans enquête ouverte ? Comme pour achever sa réflexion, son téléphone sonne au même moment.

— Gendarmerie de Munster, vous avez appelé pour une disparition ?

— Oui c'est ça, répond Francine peu rassurée.

— Nous avons poussé un peu les recherches et appelé les différentes urgences du coin. Votre ami n'a jamais été hospitalisé pour une jambe cassée.

Francine a du mal à retenir les tremblements de sa main. Ses amies sont collées à elle, attentives aux moindres mots du gendarme.

— Ne vous en faîtes pas madame, les hypothèses de notre collègue ont été confirmées par l'appel de Thomas Egler...

— Pardon ? s'exclame Francine les joues en feu. Vous voulez dire que Thomas a montré un signe de vie ?

— Oui madame. Ma collègue lui a laissé un message vocal pour lui demander de donner des nouvelles. Thomas a rappelé dans l'heure et s'est confondu en excuses. Il ne voulait pas vous faire peur. Il semblerait qu'il soit dans les bois pour observer un groupe de chouettes chevêches. Chose incroyable dans le coin, car ces rapaces ont pour habitude de loger dans des demeures abandonnées. Les observer en pleine nature est un privilège. Le brave gars a même proposé de nous passer des clichés à son retour. Il a avoué avoir monté toute cette histoire de jambe cassée après avoir suivi les traces de la petite famille. Bref, il dit ne pas être disponible, et qu'il vous rappellera après son retour... indéterminé pour le moment.

La mâchoire de Francine est sur le point de se décrocher. Le soulagement est si fort qu'elle ne peut retenir un juron.

— *Klemi* ! Ce *Kloufi* ! Il aurait pu prévenir ! Allez savoir où il se cache. Ce garçon est imprévisible. Qui sait s'il a le nécessaire sur lui pour survivre ?

Le gendarme rit de bon cœur. Un rire agréable et chaleureux.

— Sachez que nous avons effectué un bornage de son portable. Thomas se balade dans la forêt de Wintzenheim, c'est bien là qu'il aime se promener ?

— Je suppose, il a l'habitude de passer d'un bois à l'autre pour pister des animaux. C'est un Robinson, vous savez. Mais, il est parti depuis si longtemps ! Il n'a jamais fait ça auparavant !

— En cas de doute sur sa sécurité et s'il ne donne aucune nouvelle, la brigade verte pourra aller à sa rencontre.

— Mon dieu que je suis soulagée ! soupire Francine.

— Soyez tranquille. Il aura surtout des ennuis avec la maire, ça c'est sûr ! Laura Schultz n'est pas du genre à accepter un menteur dans sa jeune équipe. Passez une agréable journée madame.

— Vous de même. Merci pour votre réactivité.

Francine raccroche. Elle s'était attendue à tout sauf à un tel retournement de situation. Il est onze heures, vu le décalage horaire, elle ne peut pas se permettre d'appeler Mathilde. Elle opte tout de même pour un SMS reprenant les éléments donnés par la gendarmerie. Bien qu'il soit cinq heures du matin à Pointe-à-Pitre, la maman lui répond aussitôt. S'en suit un long échange ponctué de rires de soulagement. Au final, personne n'est surpris par le dénouement. Thomas est connu pour sa nature imprévisible. Arthur leur avait même rappelé que son ami s'était éclipsé d'une soirée au lac de Kruth pour observer des lucioles. Un doux rêveur le veilleur de nuit. Rien de plus qu'un adulte avec une âme d'enfant.

— Olympia avait été vue une dernière fois du côté du *Zum Lamala*, déclare Babette après que Francine ait raccroché.

— Tu es encore sur ce carnet ? s'étonne Fatiha.

— Je n'avais rien d'autre à faire. Pendant que vous parliez de notre cher faux disparu j'ai continué à fouiner au sujet de la vraie disparition de cette enquête : Olympia. Va falloir tirer au clair cette affaire de chats en cages chez Victor.

— Comment veux-tu tirer cela au clair ? Victor est grillé. Il va se débarrasser des cages - si ce n'est déjà fait - tout nettoyer, et ni vu ni connu, déclare Fatiha fataliste.

— Et bien moi, je suis prête à lui rendre une dernière petite visite, rétorque Babette. Maintenant que l'affaire «Thomas» est classée, autant poursuivre notre enquête féline. Ce n'est pas parce que Mistinguette est de retour que l'on doit abandonner les autres chats du quartier.

— Toi tu as trouvé de quoi occuper tes journées ! Je ne te connaissais pas en tant qu'amie des animaux ! taquine Fatiha.

— Je porte les mêmes initiales que Brigitte Bardot ma chère, il n'y a que ça de vrai. Sincèrement, le comportement de Mistinguette est si inhabituel. Creusons un peu plus la piste Wagner. Ce mangeur d'argent, je ne le supporte pas !

— Je ne sais pas, répond Francine blanche comme un linge. On dirait que Mistinguette perd la tête. Elle a traîné dans les rues pendant quelques jours. On donne sans doute trop d'importance à Victor. Et si on faisait fausse route ? J'ai tourné l'histoire dans tous les sens et je ne trouve aucun mobile convenable à des enlèvements de chats. Certes, Victor a menti pour les cages. On nourrit bien les lapins avec tout et n'importe quoi, alors des croquettes pour chats ?

— On en aura le cœur net en retournant sur place. Ça vous dit une part de *Käsekueche* ?

— Pas spécialement, dit Fatiha. Vous savez que je mange peu sucré. Après notre dégustation de l'autre jour, j'étais comme une pile. J'ai passé la nuit à tout récurer. C'était comme si j'avais pris un shot de sucre d'un coup !

— Pareil pour moi, sa tarte a un effet démoniaque. J'y ai pensé pendant des heures, je n'avais qu'une envie : en reprendre un bout pour ressentir cette étrange euphorie, complète Babette. Purée, sept euros la part et on en redemande ! On va se contenter d'une infusion, on prendra moins de risques. Laissons cette pseudo pâtisserie artisanale aux jeunes. Ils sont bien plus habitués aux additifs et aux sucres que nous.

— Allons-y, déclare Francine. Je prends Mistinguette avec moi. On en profitera pour la déposer chez le véto à notre retour. Pas question de la laisser seule dans cet état.

Les sirènes les accueillent lorsqu'elles passent l'artère principale. Les voitures leur passent presque sous le nez, les forçant à se tasser devant une boutique.

— *Jesus Gott* ! s'exclame Francine. Les gens sont devenus fous !

Devant le *Zum Lamala* c'est la cohue. Une trentaine de clients se pressent pour entrer dans le restaurant totalement bondé. Aidée par Arthur, Magalie s'est levée sur une table pour mettre ses mains en porte-voix et hurle aux gens de garder leur calme. Sans effet. La clientèle a perdu la boule. *Tout ça pour une pâtisserie trop riche, trop sucrée et beaucoup trop chère. On se croirait à la sortie du dernier téléphone de la marque à la pomme*, pense Francine. La scène frise l'hystérie, et personne ne se mouille pour apaiser les tensions entre les clients sur le point d'en venir aux mains.

Victor est le grand absent du jour. Ce qui explique la présence d'Arthur auprès de sa Schötzala retrouvée. Francine sourirait presque de les voir ensemble. Seules Magalie et quelques serveuses tentent de maîtriser la situation alors que les forces de l'ordre séparent les clients furibonds. Debout derrière Magalie, Arthur la tient par les jambes pour la maintenir en équilibre tant les gens se bousculent.

Les trois amies restent à l'écart de l'autre côté de la rue. Elles voient bien qu'elles ne pourront rien tenter pour aujourd'hui. Les agents de la paix se chargent déjà d'embarquer les personnes les plus agressives et de faire sortir les clients qui finissent leur part en roulant des yeux gourmands.

Juste en face, assis à sa terrasse, le patron de La Taverne Alsacienne savoure un café en riant de bon cœur. Son restaurant est vide, toutefois Bertrand Muntz doit jubiler en voyant la clientèle de son concurrent se disperser, le visage tuméfié, les lèvres en sang.

— Le restaurant est fermé, rentrez chez vous ! s'exclame un gendarme.

— Et nos parts ! On ne les a pas eues ! rétorque une femme au chignon défait.

— Vous reviendrez demain, répond-il. Et j'ose espérer que vous serez tous calmés. Sérieusement, vous êtes tous devenus zinzins ?

Francine se fige. Dans sa petite cage, Mistinguette a sorti les griffes et pousse des miaulements agressifs.

— Il n'y a pas que les gens qui perdent la tête, dit-elle. Les chats aussi.

Faisant demi-tour, elle part en direction du vétérinaire, les poings serrés, les lèvres pincées de rage. Cette fois, elle a compris. Les cages. Le surpoids de Mistinguette. Son agressivité. Tout concorde.

6

JALOUSIE NOCTURNE

Minuit.

L'ancien pétrin de Francine s'illumine. Affairée au-dessus du plan de travail, les mains poudrées de farine, la retraitée sourit. Elle n'avait pas préparé de *Käsekueche* depuis des lustres, et cette nuit, sa tarte aura un goût de victoire, et de vengeance.

Méticuleuse, elle veille aux moindres détails. Tout doit être parfait. L'exact opposé de celle proposée par Victor qui doit passer une nuit épouvantable. Enfin ! Le vent tourne pour le restaurateur, et Francine a bon espoir de voir sa monstrueuse création disparaître de sa carte.

Plongée dans ses pensées, elle revit le fil de son incroyable soirée. Elle le rejoue en boucle, encore et encore. Victor au pilori, elle ne pouvait espérer meilleur dénouement.

Il n'était pas vingt heures quand le vétérinaire l'a appelée pour lui demander de récupérer Mistinguette. La chatte avait eu droit à un lavage d'estomac et une solution salée pour la réhydrater. Nul besoin de la garder en observation. *Intoxication au sucre*, le genre de diagnostic qui tombe une fois tous les cent ans pour un chat ! Dans son panier, Mistinguette dort paisiblement. Épuisée, elle bave sur les bords de la serviette tricotée par sa maîtresse. Cette indigestion est invraisemblable sachant que les chats n'ont aucune appétence pour le sucre. Francine a immédiatement compris le lien avec la réserve secrète des Wagner. Des numéros de série sur les caisses, des chats aussi irascibles que des gosses après s'être enfilé un paquet de bonbecks et du soda, les amis poilus devaient certainement restés enfermés pour tester l'addictivité de la fameuse *Käsekueche*.

Après cette découverte, la gentille boulangère ne pouvait rester les bras croisés. Il fallait qu'elle retourne au restaurant, qu'elle déniche la preuve ultime pour mater Victor et arrêter définitivement son commerce addictif.

Un pincement au cœur, elle avait laissé Mistinguette derrière elle. Jamais elle n'avait vu sa chatte dans un tel état de fatigue. Les poings serrés, armée d'un tournevis et de son téléphone portable, Francine était prête à entrer par effraction afin de révéler le secret du succès de Victor. Qu'ajoutait-il à sa recette pour la rendre aussi populaire ? Pourquoi tester des chats ? Les clients prenaient-ils des risques à manger à sa table ?

Autant de questions sans réponses. Car une fois devant le restaurant, Francine eut la surprise de constater qu'on l'avait précédée. Quelqu'un avait pris le taureau par les cornes avant qu'elle ne poursuive son enquête.

Francine plonge un doigt gourmand dans le fromage blanc avant de le fourrer entre ses lèvres. Le zeste de citron apporte une merveilleuse amertume. C'est son ingrédient secret, le petit truc fidélisant sa clientèle quand la boulangerie était encore ouverte. Nostalgique, la pâtissière noctambule déguste chaque étape de la préparation. Cuisiner une tarte authentique lui permet de passer à autre chose. Parce que la page va enfin se tourner pour Wagner, elle n'en doute pas. Comment pourrait-il rouvrir son établissement dans l'état actuel ?

Arrivée devant la terrasse, elle s'était figée, un drôle de rictus aux lèvres. Les tables étaient renversées, les pots de fleurs éventrés, et surtout la vitrine s'était trouvée affublée de lettres de sang : « Empoisonneurs ! Vous n'aurez pas le monopole du patrimoine ».

Comment ne pas se réjouir du malheur des autres ? Surtout quand cette autre personne est responsable du sien ? Francine est une bonne pâte, gentille, serviable, jamais un mot ou un geste de travers, mais elle croit au karma. Cette fois, il a mis une bonne raclée à Victor, et elle fête sa défaite en préparant une délicieuse *Käsekueche.* Puisque tous ses malheurs viennent de celle du restaurateur, autant conjurer le sort en cuisinant un dessert digne de ce nom.

— Tu ne l'auras pas volé mon vieux. J'ai cru perdre ma Mistinguette par ta faute ! Au final, j'ai été séparée d'un yucca et de deux orchidées, c'est cher payé pour un dessert ! rit-elle en mettant le sien au le four.

Une bonne chose de faite, pense-t-elle après avoir tourné son minuteur en forme de bretzel. Cela faisait bien longtemps que Francine n'avait pas enfilé son tablier pour cuisiner sous les doux rayons de la lune. D'une certaine manière, les derniers évènements lui ont permis de se découvrir une seconde jeunesse. Jouer à Sherlock Holmes n'est pas si mal au final.

Ravie du travail bien fait, elle prend Mistinguette dans ses bras et quitte l'ancien fournil pour rejoindre le salon plongé dans une réconfortante pénombre. Mistinguette sur ses genoux, elle se coule dans son fauteuil à bascules. Lentement, elle se laisse bercer par l'agréable ronronnement de la chatte.

— Ne me fais pas dormir, murmure-t-elle, je n'ai pas envie de rater ma cuisson.

Comment ne pas céder à la tendresse ? Les pattes duveteuses de la chatte jouent sur son cou, la tâtent, la caressent, et l'entraînent vers le sommeil. Il n'y a rien de plus réconfortant que la chaleur d'un animal lové contre soi. Dans le calme de la nuit, Francine s'endort en humant les effluves citronnés d'une gâterie bien méritée.

Mistinguette blottie dans ses bras, Francine goûte au bonheur mérité. Le calme l'apaise. Retrouver ses marques est un trésor. Le moelleux du coussin calé derrière sa nuque, le parfum sucré du fromage blanc qui se change en croûte tendre. Bien qu'il soit presque une heure du matin, Francine se réjouit de sortir le plat et de déguster la première part. Ce sera un moment à elle, rien que pour elle. Elle n'a pas volé sa récompense. Pas après des jours de recherches et d'insomnie. Elle s'impatiente de tirer sur la pellicule caramélisée couvrant la surface de l'appareil au fromage blanc. Elle s'en brûlera les doigts, mais ça lui est égal. Seul compte le plaisir de déshabiller la tarte de son élégante robe, la dévêtir pour plonger une cuillère gourmande entre ses flancs blancs, tendres et généreux.

Francine ouvre les yeux. Non pas à cause de la sonnerie du minuteur. Elle est réglée comme une horloge et sait qu'il reste encore dix minutes de cuisson à son trésor alsacien. Des bruits de pas à l'étage. Ça bouge, ça se chamaille. Quelques éclats de voix. Arthur est avec une femme.

— Magalie, murmure-t-elle en se redressant.

La chatte bondit de ses genoux avant de se réfugier dans le coin du canapé. L'animal reste stoïque, la dispute des amants ne viendra pas troubler sa nuit. Concernant Francine, c'est une autre histoire. Elle a pris soin de retirer ses *Schloppa* pour ne pas se faire entendre et monte les escaliers à pas de loup.

Le besoin de savoir est trop fort.

Là, cachée dans le couloir éclairé par la chambre entrouverte, Francine écoute. Elle pourrait les ignorer, seulement une partie de son cerveau s'est définitivement allumé après la pseudo disparition de Thomas et celle de Mistinguette. Le « mode Maigrette » est enclenché de façon irrémédiable. Quoique, en tant qu'amatrice de potins, Francine s'était déjà fait la main en matière d'histoires sous la ceinture et de commérage. Sauf que sa maison n'avait jamais été le théâtre de disputes conjugales croustillantes.

— Je n'étais pas avec lui ! s'exclame Magalie sans baisser la voix.

— Je n'en peux plus de tes mensonges. Tu te sers de moi.

La voix d'Arthur est brisée. Son ombre se projette dans le minuscule couloir. Elle est penchée sur Magalie. Arthur la domine de deux bonnes têtes, mais il paraît petit devant elle, avachi, abattu de dégoût.

— Dis-moi la vérité ou pars, lâche-t-il comme un ultimatum.

— Je t'aime, c'est la seule vérité.

— Ce n'est pas suffisant. Tu ne peux pas passer de Hugo à moi comme une girouette ! Tu dois choisir.

Francine se raidit. Hugo, le fils du gérant de La Taverne Alsacienne fricoterait avec Magalie ? Elle peine à y croire.

— Mais combien de fois dois-je te répéter que tu te trompes ! Il n'y a rien entre nous !

— Tu veux bien parler moins fort ? Francine dort en bas.

— Pour accepter ma présence en pleine nuit pour coucher avec moi, tu es d'accord, même au risque de la réveiller. Mais dès qu'il s'agit d'entendre la vérité il n'y a personne ! hurle Magalie.

Francine ouvre aussitôt la porte de la chambre. Surpris, les deux amants s'immobilisent. Ils sont débraillés, encore groggys d'amour, les cheveux collés à leur front moite.

— Pardon Francine, on ne voulait pas vous réveiller.

— Descendez avec moi tous les deux. Dans la salle à manger, tout de suite.

Elle tourne les talons. Leur laissant le temps de remettre de l'ordre dans leurs habits et leurs émotions.

Francine ne veut pas de dispute sous son toit, surtout en lien avec Victor Wagner. Les deux gamins lui font l'effet de fourmis prises sous le feu d'une loupe. Elle imagine très bien Arthur observant les manigances de Wagner et la pauvre Magalie, amoureuse, obligée de repousser un garçon contraire aux attentes de son père. Pourquoi irait-elle fricoter avec le fils de leur concurrent direct ?

— Par vengeance, murmure-t-elle en déposant le plat tiède sur la table du salon.

Elle aurait agi de la même façon si son père s'était mêlé de ses relations amoureuses. Trouver pire qu'un Welche c'est possible. Suffit de traverser la rue et de rejoindre La Taverne Alsacienne pour séduire le fils de son pire ennemi.

Dépitée, Francine découpe des parts et les dispose dans de jolies assiettes de *Soufflenheim*[33].

Les deux amants ne tardent pas à descendre. Ennuyés d'avoir été surpris en pleine dispute, ils s'installent chacun d'un côté de la table ronde trônant dans la salle à manger.

— *Oyé*[34] ! Ne faites pas cette tête d'enterrement, je ne vais pas vous gronder tout de même !

---

33. Village Bas-Rhinois reconnu pour ses poteries et sa vaisselle typiquement alsaciennes.

34. Interjection réduisant le « oh jésus » et exprimant à peu près toutes les émotions dans le Haut-Rhin

— Écoutez Francine, je suis vraiment navrée de vous avoir réveillée. Je devrais rentrer chez moi et vous laisser dormir, s'excuse Magalie en se levant.

Francine pose aussitôt un morceau devant la jeune fille et lui tend une petite fourchette argentée.

— Assieds-toi et mange, ça te fera le plus grand bien. Chez moi, on soigne les cœurs avec de la bonne pâtisserie. Il en a toujours été ainsi et ce n'est pas près de changer.

Magalie saisit la fourchette et reste statufiée, ne sachant que faire. Il est une heure du matin. Comment peut-elle s'asseoir à une telle heure à la table d'une vieille dame pour déguster une tarte au fromage blanc dont les effluves titillent sa gourmandise ?

— Vas-y, plonge ta fourchette et détends-toi, tu le mérites, l'encourage Francine. Vous le méritez tous les deux, et moi aussi.

La serveuse obéit et porte une bouchée à ses lèvres. Son regard s'allume. Elle ferme les yeux, la fourchette entre les lèvres, savourant la texture douce et ferme du fromage blanc aromatisé au citron.

— C'est bien. Il n'y a qu'une manière de déguster la *Käsekueche*, les yeux fermés ! se réjouit Francine.

Le drôle de trio reste à table durant quelques minutes. Sans dire un mot. La recette les apaise.

Magalie se dit que Francine a raison. La pâtisserie adoucit vraiment les cœurs.

— Je sais que je n'ai pas à m'interposer dans vos petites querelles d'amoureux, mais vous êtes sous mon toit et je n'admets pas de mauvaises ondes dans ma maison.

— Excusez-nous Francine, de toute façon vous ne me verrez plus ici. Cette relation est un échec, confie Magalie.

— Pourquoi ? Parce que ton père refuse un saltimbanque Welche comme beau-fils ?

La réparti de Francine arrache une grimace à la serveuse qui se mord nerveusement les lèvres.

— C'est plus compliqué. Mon père veut tout maîtriser. Il est vieux jeu. Arthur aimerait que je laisse tout tomber pour lui, mais…vous ne comprenez pas ? Papa m'a eue très tard, il a rencontré maman quand il avait cinquante ans et depuis qu'elle est morte il n'a que moi et son fichu resto. Si j'abandonne ses projets, ce serait comme lui donner un coup de poignard. Je ne peux pas lui infliger cela !

Magalie a les larmes aux yeux. C'est une fille sincère et droite, à n'en pas douter.

— Et tu vas suivre ton père toute ta vie ? Tu es libre d'agir comme bon te semble ! s'exclame Arthur en tapant du poing sur la table.

— Arthur, pas de violence sous mon toit.

— Comment voulez-vous que je garde mon calme après ce qu'elle vient de faire ? Elle s'est pointée ici pour profiter de moi, et n'est même pas capable d'admettre qu'elle couche avec Hugo ! J'en ai la preuve ! Je sais qu'il a vandalisé la vitrine du *Zum Lamala,* je l'ai vu prendre la fuite. Magalie dit qu'elle n'était pas avec lui, mais pourquoi son foulard est-il taché de peinture rouge ? La même qui a été utilisée pour taguer le restaurant ! Elle était avec lui. Elle agit uniquement pour attaquer son père, mais elle me brise le cœur par la même occasion !

Magalie se lève d'un bond. Le moule en verre tangue sur la table. C'en est trop pour Francine.

— Vous allez vous calmer tous les deux ! Vous gâchez la magie du moment, un dessert comme celui-ci c'est sacré !

— Oui, elle est sacrément bonne votre tarte mamie, réplique Magalie dont les yeux lancent des éclairs. Gardez précieusement votre recette, mon vautour de père serait prêt à tout pour l'obtenir. Soyez rassurée, je suis plus encline à lui mettre des bâtons dans les roues qu'à l'aider à devenir le meilleur restaurateur du coin. Mais ça, Arthur ne l'a pas compris. Sur ce, bonne nuit.

Elle quitte sa chaise et passe devant Arthur, la tête haute, les lèvres tremblantes.

— N'essaie pas de me rattraper, c'est définitivement fini entre nous, lance-t-elle d'une voix ferme.

Francine en perd sa fourchette. Le pouvoir de sa tarte a été de courte durée. Elle qui pensait adoucir les cœurs, elle ne peut qu'admettre son échec.

Sonné, Arthur sort de la salle à manger sans dire un mot. Le poids du monde pèse sur ses épaules. Francine en a le cœur brisé. Elle aurait voulu aider les deux amoureux, leur montrer que les sentiments étaient plus importants que les dictats de la famille, mais la situation est bien plus complexe. Finalement, Victor a gagné la partie.

7

UNE AIGUILLE DANS UNE BOTTE DE FOIN

Arpenter les bois n'est pas une mince affaire. Surtout à plus de quatre-vingts ans ! Mais Francine tient bon. Elle a enfilé des bottes ainsi qu'un vieux jean afin de mieux se frayer un chemin dans les ronces. Autant chercher partout ! Même au risque de s'égratigner. Le jeu en vaut la chandelle. Il s'agit de Thomas, et elle ne peut pas rester les bras croisés. Ses amies non plus. Après trois jours de recherches, Babette et Fatiha ne lâchent rien. Ni la pluie, ni les rafales de vent ne repoussent leurs ardeurs. Affublée de capuches, la clique des mamies passe des heures à soulever les fougères à l'affût du moindre indice.

Il s'agit déjà de la troisième battue. Trois jours éreintants menés de front par Jules et Mathilde Egler, les parents de Thomas. Rentrés en France depuis quatre jours, ils ont aussitôt sonné l'alerte. Alors que la gendarmerie de Wintzenheim[35] se

35. Turckheim est rattaché à la gendarmerie de Wintzenheim

contentait de régler les querelles de commerçants entre le *Zum Lamala* et la Taverne Alsacienne, les enquêteurs ont eu la surprise de voir débarquer un couple désorienté et amaigri par l'inquiétude. Inquiétude qui s'est renforcée après avoir remarqué que le portable de Thomas n'émettait plus. Impossible de le localiser. Les premières recherches ont donc eu lieu dans la forêt communale où le GSM avait borné quelques jours plus tôt, mais nulle trace du jeune homme.

Ce matin, la battue a commencé à six heures sous la pluie et un soleil maussade. Nombreux sont les volontaires ayant voulu prêter main-forte aux Egler. La veille, la forêt de Wintzenheim a été passée au crible. Rien, aucun indice. En conséquence, ce matin, les habitants de Turckheim, menés par un groupe de la brigade cynophile ont mis le grappin sur celle de Zimmerbach. Les bois sont nombreux aux alentours de Turckheim, et il est ardu de deviner où Thomas peut se cacher, surtout que le garçon erre dans la nature depuis des semaines.

Francine a du mal à croire en la théorie d'une randonnée ayant mal tournée. Plus les recherches se poursuivent, plus elle se sent envahir par un mauvais pressentiment. Les parents de Thomas sont du même avis. Le jour de leur retour, ils ont cueilli Francine au saut du lit pour la questionner sur la situation.

— Vous croyez qu'on finira par le trouver ? demande Babette.

Accroupie, les pieds dans la boue, Francine soulève des orties. Ses gants de vaisselle lui donnent une drôle d'allure, mais elle s'en fiche, s'il le faut elle se jettera dans les ronces pour découvrir le fichu téléphone de Thomas. Tout près d'elle, Fatiha l'imite. Le visage creusé par la fatigue, sa parka trempée de pluie, elle ne lâche rien.

— Les filles, vous m'écoutez ? Vous n'avez pas le sentiment de faire encore fausse route ?

— Je ne sais pas, répond Francine en se relevant. Tout le monde cherche et y met du cœur, pourtant on n'a rien trouvé. Pas même son sac à dos.

— Soyez positives, les encourage Fatiha. Il a peut-être trouvé refuge dans un abri de chasse, il y a en a une flopée dans le coin. Qui sait ? On n'a pas passé tous les bois au peigne fin.

— Il peut aussi avoir été abattu comme un lapin, réplique Babette.

— *Jesus Gott* ! Babette ! Tu brilles par ton positivisme ! s'exclame Francine. Tu ne pourrais pas continuer de nous aider et te taire un peu. Les Egler sont derrière nous, ils ont besoin d'espoir, pas de réflexions aussi négatives.

Le visage de Babette est fermé. Ses amies l'ont rarement vue aussi éteinte. La pluie et le froid en plein été ont certainement ralenti ses ardeurs. Braver ce temps de chien souligne son implication et sa volonté de prêter main-forte, toutefois, son expression et son attitude prouvent qu'une part d'elle-même a baissé les bras.

— J'essaie d'être positive, mais autant chercher une aiguille dans une botte de foin, rétorque-t-elle dépitée. N'y voyez aucun pessimisme, j'ai très peur pour ce gamin. Quand je vois que tout est parti d'un mensonge, je me dis qu'une personne a tout mis en scène et que notre gentil veilleur se trouve six pieds sous terre.

Francine se rapproche de Babette pour lui parler à voix basse. Autour d'elles, une dizaine de volontaires balaient les bois. Les Egler se sont éloignés et ratissent une nouvelle parcelle avec les gendarmes. Excités par l'orage, les bergers allemands aboient sous la pluie.

— Je ne suis pas sûre que ce soit le lieu ou le moment pour évoquer de telles hypothèses.

— Tu as peur de quoi ?

— Si tu as raison, il est possible que le tueur nous observe. Tu sais bien que les criminels aiment se mêler à la foule et jouer les bons samaritains pour lever les soupçons. Rappelle-toi de cette ordure qui avait fait des pieds et des mains pour retrouver son épouse qu'il avait tuée.

Fatiha s'est rapprochée. N'ayant perdu aucune miette de la conversation, elle triture nerveusement une feuille de lierre.

— Vous pensez à un mobile en particulier ? leur demande-t-elle. C'est vrai, Thomas n'avait aucun ennemi, pas de petite amie, qui lui voudrait du mal ?

Francine préférerait ne pas avoir d'intuition, se dire simplement que Thomas a fait une mauvaise chute et qu'il attend de l'aide quelque part, mais les évènements des derniers jours l'ont mise dans le bain : des indices, elle en avait trouvé, reste plus qu'à flairer la piste jusqu'au bout.

— On ne devrait pas rester ici, décide-t-elle subitement. Il n'est pas là.

— Comment peux-tu en être aussi sûre ? s'enquit Fatiha.

— La clé du mystère est à Turckheim. Si Thomas n'avait pas d'ennemi, il peut s'en être créé en fourrant son nez dans les affaires de…

— Victor Wagner ! s'exclament ses deux amies d'une même voix.

— La disparition des chats est le seul incident dans la vie de Thomas. Et s'il fallait commencer par là ? S'il avait deviné ce qui se tramait chez les Wagner ?

— Attends Francine, tu dis un truc dingue, tempère Babette. Tu ne peux pas accuser Victor d'avoir assassiné un gosse uniquement pour une histoire de chats de laboratoire. C'est grotesque !

— Et pourtant c'est bien notre unique piste, rappelle Francine. Venez, on file à la gendarmerie.

— Je doute qu'on nous prenne au sérieux, dit Babette gagnée par l'ambiance morose. Vaut mieux rentrer avant d'attraper la mort.

Tournant les talons, elle invite ses amies à la suivre. Les autres volontaires ne s'étonnent pas de les voir partir. Les Egler les remercient même et les encouragent à se reposer au chaud. En vérité, les trois mamies ont sale mine. Trempées jusqu'aux os, les capuches dégoulinantes, elles attirent la sympathie des villageois les félicitant pour leur investissement.

Les pieds enfoncés dans la boue, elles avancent péniblement dans un dédale de chemins forestiers. La pluie leur brouille la vue et bat leurs tempes glacées. L'été a été soufflé d'un coup. Comme si le retour des Egler avait marqué le début d'une ère de larmes et de tristesse.

Avancer sous une pluie battante empêche Francine de s'orienter. La tête enfoncée dans sa parka, elle garde les yeux posés sur ses pieds pour ne pas tomber. Elle a l'impression de marcher sur des œufs et de faire un jeu d'équilibriste en évitant les trous et les racines noueuses. Le temps s'étend à l'infini, tout comme la forêt déroulant son immensité de chênes et d'acacias. Même les arbres ont l'air de pleurer. Les gouttes dégringolent de leurs branches et s'écrasent sur le crâne du trio épuisé de marcher à l'aveuglette.

— C'est pas vrai, on s'est perdues ou quoi ? s'inquiète Fatiha, debout derrière Babette.

— J'étais pourtant sûre de connaître le chemin. On n'a qu'à suivre les balises, on finira par tomber sur un village, réplique Francine en tête de la marche.

Francine continue de marcher. Le bois est plus dense, les arbres serrés. Il faut bien lever les pieds pour ne pas s'empêtrer dans les racines et les ronces.

— Le genre d'endroit idéal pour planquer un corps, murmure-t-elle en réprimant un frisson.

La pluie claque sur sa capuche et lui coule dans les yeux. Elle n'y voit plus clair, mais son radar tourne à plein tube. En même temps, Francine a dévoré toutes les émissions de *Faites entrer l'accusé*, et marcher dans ce genre de lieu lui évoque des découvertes macabres. Soit elle prend ses jambes à son cou et retourne chez elle, soit elle se glisse dans la peau d'un détraqué et s'enfonce dans les bois. Ce sera la seconde option.

Passant sur le côté, elle dépasse ses amies en de grandes enjambées.

— Francine ! Ne marche pas si vite, ça glisse par ici ! prévient Fatiha.

— On ne va pas se les geler toute la journée. Au moins on ratisse une partie inexplorée. Y a qu'à regarder l'état des fougères, rien n'a été écrasé, on est les seules sur ce secteur.

D'un pas décidé, elle s'éloigne du chemin pour rejoindre les fourrés. Autant chercher une balise pour retrouver leur route.

— Francine ! On reste ensemble ! hurle Babette.

— Mouais, rester ensemble, ça ne nous a pas aidées jusqu'ici, maugrée-t-elle en continuant de marcher en tournant la tête vers ses amies.

Mauvaise idée, car elle s'emmêle les pieds dans les ronces et s'étale de tout son long. Ses amies accourent en se frayant un passage entre les hautes fougères.

— Mince, c'est quoi ça ? grogne Francine les mains prises dans les restes d'un sac poubelle.

Elle se redresse subitement, la gorge nouée, le cœur battant à tout rompre.

— Tout roule ma poule ? On dirait que tu as vu un fantôme, s'étonne Babette en lui posant une main sur l'épaule.

— Pas loin, répond Francine en désignant le sac éventré.

— *Jesus Gott* ! s'exclame Babette en se pinçant le nez. On m'avait dit qu'il n'y avait rien de pire qu'un munster oublié un mois au frigo, mais là c'est du joli ! Mes sinus ont cramé !

Fatiha se rapproche prudemment et finit par dégobiller le petit-déjeuner partagé quelques heures plus tôt.

— Francine, tu débloques ma belle ! Tu ne vas pas prendre ce truc ! se plaint-elle alors que son amie s'empare du sac.

Pour une fois, Babette ne trouve rien à redire. Elle campe à côté de Francine et observe la dépouille avec intérêt.

— Y a pas de doute, c'est la chatte de Thomas. Combien portent un collier rose avec marqué Olympia sur le médaillon ? déclare-t-elle. Un barbare l'a tuée et laissée ici pour effacer des traces. Manque de bol pour cette ordure de Wagner, on a trouvé le moyen de le faire flancher. Avec quelques analyses on découvrira ce que cache la recette du *Zum Lamala*.

— Sauf que l'endroit n'est pas assez isolé pour abandonner un animal, relève Francine. Il y a un truc qui cloche.

Son regard s'est voilé. Perdue dans ses pensées, elle observe les orties où le cadavre a été découvert. Ses hypothèses filent dans tous les sens, créant des connexions à lui filer la migraine. Pendant un instant, elle se voit dans ce même bois, un sac plastique à la main, cherchant le moyen de faire disparaître la chatte d'un homme qu'elle aurait tué. Comment s'y prendre pour ne plus laisser d'indices ? Pourquoi ne pas brûler la dépouille ? Pourquoi ne pas simplement l'enterrer ?

— Cette chatte est le point de départ, on en parlait tout à l'heure, reprend-elle. Vous savez quoi ?

La personne qui a abandonné Olympia a préféré la déposer ici en comptant sur la nature pour révéler la vérité.

— Tu veux dire qu'un individu tente de semer des indices pour nous aider ? demande Fatiha.

— Possible, un tour à la gendarmerie nous permettra d'y voir plus clair, répond Francine en reprenant la direction du petit sentier.

— Et tu sais où est notre voiture ? demande Babette. Je te rappelle qu'on se trimballe une charogne !

Francine hausse les épaules et continue de marcher en suivant les repères sur les troncs.

— Personne n'a pensé à utiliser le GPS sur son téléphone ? demande Fatiha en sortant le sien.

Ses deux amies écarquillent les yeux avant d'éclater de rire.

— Niveau enquête vous gérez les filles, mais faut vivre avec son temps ! La voiture, c'est par-là ! s'exclame Fatiha en prenant la tête de la marche.

On marche bien plus vite quand on connaît la direction dans laquelle se diriger. Vingt minutes plus tard, la clique se pointe à la gendarmerie de Wintzenheim. Trois mamies dégoulinantes de pluie et affirmant avoir des informations sur la disparition d'un jeune veilleur de nuit, ça a de quoi attirer l'attention des forces de l'ordre.

Francis Schmitt, gendarme proche de la retraite les reçoit. Assis à son bureau, il a sorti un calepin et un stylo. Peu de ses confrères utilisent encore le papier, mais Francis aime avoir des notes sur lui pour se souvenir de certains éléments. Pour ce qui est de taper à l'ordinateur, il le fait plutôt à coups de poing quand la machine ne veut pas démarrer.

Trapu, le crâne dégarni et la bouche cachée sous une épaisse barbe poivre et sel, il donne l'impression de ne pas rire souvent.

— Alors, que savez-vous de la disparition de Thomas Egler ?

Assises devant le bureau, Fatiha et Babette entourent Francine qui a posé le sac poubelle sur ses genoux. L'odeur est assez insoutenable, et le gendarme renifle plusieurs fois, gêné, se demandant si une des mamies n'aurait pas des problèmes de fuite.

— J'ai logé Thomas pendant des mois, et je peux vous assurer que ce gosse n'a pas de mauvaises fréquentations. Tout ce que je sais, c'est qu'avant de disparaître, il était à la recherche de sa chatte Olympia et s'inquiétait pour elle. Il y a quelques jours de cela, ma chatte a disparu et mes amies et moi avons mené notre propre enquête. Nous l'avons retrouvée au *Zum Lamala* en compagnie de dizaines d'autres chats ! Wagner les gardait dans sa remise. Nous sommes convaincues qu'il pratique des expériences pour tester un produit présent dans sa tarte. Et puis, aujourd'hui on a trouvé le corps d'Olympia abandonné dans un sac poubelle au cœur des bois de Wintzenheim ! Voyez par vous-même...

Elle se lève et pose la dépouille sur le bureau. Francis a un mouvement de recul et manque de tomber de sa chaise à roulettes.

— Ne me dîtes pas que vous nous avez ramené un chat mort ? Vous nous prenez pour qui ? La SPA ? L'association Brigitte Bardot ?

Francine pose une main sur celle de Babette avant qu'elle ne recadre le représentant de l'ordre. Un regard suffit à lui faire comprendre qu'elle doit garder le silence au risque de tout faire capoter.

— Cette chatte est celle de Thomas Egler, on reconnaît bien son collier malgré l'état de décomposition, répond calmement Francine.

— Le veilleur de nuit, si je suis bien votre histoire ? Vous savez que vous avez un sacré débit de paroles, j'ai failli m'y perdre.

— Lui-même, et je suis sa logeuse. Je peux vous assurer qu'il se faisait un sang d'encre pour Olympia juste avant de disparaître à son tour.

Le gendarme se penche au-dessus du sac poubelle et en soulève des pans avec un stylo pour inspecter le contenu.

— Pas d'impact de balle, quelques traces de morsures, ce chat est mort de mort naturelle ou…

— Ou d'empoisonnement, coupe Francine en se levant d'un bond. Je vous assure qu'il se passe des choses louches du côté des Wagner ! Allez-y, vous verrez par vous-même.

— Asseyez-vous et gardez votre calme. Des chats dans des sacs poubelle c'est assez commun, pas de quoi en fouetter un justement.

— Le chat d'un homme disparu, ça ne vous paraît pas suspect ?

— Pourquoi ? Vous pensez que la chatte a été tuée parce qu'elle a été témoin du meurtre de son maître ? s'esclaffe-t-il.

Fatiha prend la main de Francine dans la sienne pour la calmer. Cette fois, c'est à elle de renverser la vapeur avant que la cocotte-minute arrive à saturation.

— Pardonnez mon amie, mais elle est au bord de la crise de nerf. Thomas est un garçon sans problèmes, et il disparaît juste au moment où Olympia ne montre plus de signes de vie. De notre côté nous avons bien vu que Wagner trafiquait des expériences culinaires douteuses avec les chats du quartier. Cela ne constitue pas une piste à suivre ?

— Mesdemoiselles, croyez mon expérience, votre hypothèse ne tient pas debout. Nous allons voir pour cette histoire de félins, mais je ne vois pas pourquoi Victor Wagner aurait tué Thomas Egler.

— Pour le faire taire, non mais il faut vous l'expliquer comment ? s'exclame Babette.

— BB, du calme, répète Fatiha ayant endossé le rôle de médiatrice.

— Je ne vais pas vous le répéter deux fois, vous rentrez chez vous et cessez de jouer aux détectives. Personne ne tuerait juste pour une recette ! C'est totalement insensé !

— Même si la recette contenait un ingrédient controversé ? souligne Francine. Et si les consommateurs de cette tarte étaient en danger ?

Le gendarme se gratte nerveusement l'arcade sourcilière. Piqué à vif, il prend quelques notes sur un calepin avant de se lever.

— Le chat va partir au labo. Si on découvre quelque chose de suspect, on fera une perquisition au restaurant pour tester la recette de Wagner. En attendant, cessez de vous mêler des affaires des autres…

La porte s'ouvre d'un coup. Totalement trempée et essoufflée, une gendarmette aux cheveux rouges se rue sur le bureau de son collègue.

— On a besoin d'une équipe au centre de Turckheim, ça chauffe encore au *Zum Lamala* !

— C'est pas vrai, les gens sont dingues !

— Il s'agit d'une querelle de restaurateur. Wagner reproche à Muntz de lui avoir volé sa recette.

Le gendarme quitte son bureau non sans rappeler à la clique de regagner leurs pénates. Évidemment, elles ne manquent pas de courir à leur voiture pour rejoindre Turckheim avant les agents de l'ordre qui s'organisent en équipes.

Francine se gare chez elle et rejoint le centre de Turckheim avec Babette et Fatiha qui en ont plein les pattes et plein le dos de ce Victor Wagner. Tout converge vers lui. Même la foule s'est réunie devant son restaurant. Le trio se faufile entre les badauds pour arriver devant les deux restaurateurs maintenus dans un cercle de Turckheimois. En fond sonore, on entend les sirènes se rapprocher.

— Ordure ! Tu as volé ma recette ! beugle Victor.

— Admets simplement que la mienne est meilleure, rétorque Bertrand les bras croisés. Et demande l'avis à mes clients.

Sauf que les clients en question sont les mêmes qui étaient attablés chez les Wagner et qu'ils ont eu l'occasion de goûter les deux recettes.

— Vos tartes sont identiques ! crie l'un d'entre eux.

— La Taverne a volé votre recette ! complète un autre.

Cette fois s'en est trop pour Victor qui se jette sur Bertrand. Le gérant de la Taverne Alsacienne a beau être épais comme un ours, il ne fait pas le poids sous les coups de l'agneau[36] transformé en loup ; et ce n'est pas Hugo, épais comme un spa-

36. Référence au nom du restaurant « Zum Lamala » traduit « au petit agneau ».

ghetti qui va s'interposer pour protéger son père. Celui-ci se contente de jeter des regards appuyés à Magalie, lui intimant d'agir pour les séparer.

— Vous n'avez rien d'autre à faire que de vous battre comme des chiffonniers ? hurle Francine en bousculant les badauds.

Surpris, les restaurateurs se séparent et regardent hagards, la mamie vêtue d'une parka jaune éclaboussée de boue.

— Venez donc soutenir la famille Egler au lieu de vous taper dessus pour de pâles copies de notre patrimoine culinaire. Notre veilleur de nuit est porté disparu, ce n'est qu'un gamin, et vous, vous n'avez que votre tarte à la bouche. S'il s'agissait d'un de vos enfants, vous seriez dehors avec nous, à claquer des dents et à sursauter au moindre aboiement. Vous seriez là, à prier pour ne pas découvrir son corps ! Mais non, votre argent est plus important…et vous aussi ! Prenez-en de la graine ! s'exclame-t-elle en désignant la foule. Cette situation est aussi de votre faute, il ne s'agit que de pâtisserie et il y a encore quelques jours vous étiez prêts à en venir aux mains pour une part. Vous devriez avoir honte !

La diatribe de Francine est aussi froide que l'orage s'abattant sur le petit village. Les deux restaurateurs n'osent plus remuer, troublés par le ton acide de l'ancienne boulangère. Ici, tout le monde respecte ce pilier du village, celle qui allume encore le fourneau même à la retraite. Un murmure s'élève, et lentement, les badauds s'éloignent, laissant Victor et Bertrand troublés, dégoulinants de pluie.

— Regardez-vous un peu, se chamailler devant vos gosses en plus, vous devriez avoir honte ! siffle Francine.

Cette fois, elle pousse le bouchon trop loin. Victor relâche le col de Bertrand et pointe un doigt accusateur vers la boulangère.

— Ne me juge pas en tant que père, pas de cette façon et pas devant tout le monde. Tu es à des années lumières de savoir ce dont je suis capable pour Magalie. Je ferai tout pour elle, pour la protéger…

Sa voix est entrecoupée par le vacarme des sirènes. Une dizaine de gendarmes interviennent pour évacuer la place. Le nez en sang, Victor s'approche de Francine. Sa lèvre inférieure tressaute alors que les mots cinglent la boulangère.

— Je ne te permets pas de dire que je suis sans cœur, je suis sensible au malheur des Egler. Ma fille est toute ma vie, je suis capable de tout pour assurer son avenir.

— Tout, jusqu'à l'empêcher d'aimer la personne de son choix ?

— Seul l'amour d'un père compte !

Une main se pose sur l'épaule de Francine, elle se retourne et blêmit en reconnaissant le gendarme à qui elle a apporté Olympia.

— Je vous avais demandé de rentrer chez vous, sermonne Francis Schmitt en passant les menottes à Victor.

— Ma maison est juste derrière. Vous avez raison, je vais m'allonger et dormir du sommeil du juste cet après-midi. J'ai eu assez d'émotions.

Poussant le gérant du *Zum Lamala* jusqu'à sa voiture de fonction, Francis lui rappelle les raisons de son arrestation.

— Victor Wagner, je vous arrête pour troubles à l'ordre public. Votre concurrent passera la nuit au poste tout comme vous. Après cela, j'espère que vous en prendrez de la graine et ficherez la paix à ce village.

En deux temps trois mouvements, Bertrand et Victor sont embarqués dans le panier à salade, sous le regard satisfait de la clique des mamies.

8
LA CORDE AU COU

Francine n'est pas une adepte de la grasse matinée. Elle préfère se lever aux aurores pour jouir du calme de l'été. Sauf que l'été s'est fait la malle et qu'une drôle d'ambiance automnale la cloue au lit. La pluie bat au carreau et la plonge dans un sommeil de plomb. Elle a du mal à se l'avouer. Ses investigations l'ont éreintée autant physiquement que moralement.

Elle se tourne, cherchant une position agréable pour soulager son nez bouché et ses jambes douloureuses. Marcher sous la pluie n'était pas une glorieuse idée. Elle savait à quoi s'attendre en fonçant tête baissée pour retrouver Thomas. Parfois les sentiments sont plus forts que la raison. Thomas lui aurait reproché de s'investir autant à son âge, mais sa logeuse est une tête de mule. Ce matin, à presque dix heures, la mule en a plein le dos. Courbaturée, les muscles alourdis par des jours de recherches dans les bois, elle se chamaille avec l'interrupteur de sa lampe de chevet. Elle a l'impression d'être plongée dans du coton. Ses oreilles bourdonnent. L'otite la guette. On pourrait tambouriner à la porte, elle ne l'entendrait pas.

— *Jesus Gott* ! s'exclame-t-elle en voyant l'heure sur le petit coucou de sa chambre.

Les jambes ankylosées, elle sort du lit au prix d'un effort surhumain. Jouer aux apprenties détectives à ses limites quand on a passé les quatre-vingts ans. Suspendue à une tringle, sa robe de chambre en pilou rose l'attend. Autant se mettre à l'aise. Avec le rhume qui lui pend au nez, Francine sait que sa journée va se passer entre quatre murs. Ça lui changera des recherches sous la flotte et d'arpenter les rues à des heures impossibles. Être jeune dans sa tête ne suffit pas, le temps nous rattrape. Quoi que, s'il ne pleuvait pas à torrents, Francine serait dehors à chercher Thomas avec les riverains.

Les pieds bien au chaud dans ses *Schloppa*, elle passe dans la salle de bain pour un brin de toilette. Ses pensées sont encore embrouillées par le sommeil. Elle n'a pas jeté un regard à son téléphone oublié sur le chevet. Quelques semaines plus tôt, elle aurait juré par tous les saints ne jamais introduire cet objet de malheur dans sa chambre à coucher. Les choses ont changé. Fébrile, effrayée à l'idée de découvrir une nouvelle tragique, la boulangère s'est changée en accro du GSM. Sauf que ce matin, le téléphone reste dans son coin. Il en est toujours ainsi. C'est quand le ciel nous tombe sur la tête que notre portable n'a plus de batterie ou qu'on oublie de le consulter.

En passant devant la chambre d'Arthur, elle pousse lentement la porte. Le jeune homme doit être sur le point de se réveiller et sa logeuse a bien envie de partager le petit-déjeuner en sa compagnie. Personne, la chambre est vide. Le lit est fait et les volets ouverts. Le veilleur a découché, rien d'étonnant. Avec Victor en garde à vue, il a certainement profité de la situation pour aller se rabibocher avec sa petite amie.

— Encore collé aux Wagner, soupire Francine en ouvrant le vasistas pour aérer.

Elle n'a pas les idées assez claires pour percevoir le remue-ménage. Dehors, deux voitures de la gendarmerie se garent près de son domicile. De là, Francine ne les voit pas. Si elle était un peu plus attentive, elle entendrait les voisins les interpeller pour comprendre les raisons de leur venue.

Pour le moment, elle a besoin d'un bon café et de reprendre ses esprits. La nuit a été compliquée, elle se sent courbaturée, moulue de partout. Si on l'avait passée à la moulinette le résultat serait pareil.

— Allez ma vieille, un bon kawa et ça redémarre, s'encourage-t-elle en mettant une sucrette dans sa tasse.

Un café en main, elle s'installe dans son fauteuil favori, sous la véranda. La pluie continue de tomber. Mistinguette lovée sur ses cuisses, Francine observe les gouttes frappant les parois de verre tout en buvant son remède miracle à la gueule de bois. Sans avoir bu une goutte d'alcool, elle se sent aussi détraquée que les saisons. Le printemps remplacé par la fournaise a annoncé un été pluvieux et maussade. La morosité ambiante pourrait l'atteindre, lui rappeler combien les derniers jours ont été difficiles, mais l'espoir perdure. Dehors, de nombreux citoyens continuent d'arpenter les bois à la recherche de Thomas.

Absorbée dans ses pensées et bercée par les ronronnements de la chatte, elle n'entend pas la rumeur qui enfle, ni la harangue de sa voisine pointant du doigt la petite chambre de Thomas et Arthur. Assise sur son coussin moelleux, Mistinguette sur les cuisses, elle boit lentement tout en observant la pluie s'écoulant sur les parois de la véranda.

On tambourine à la porte.

Francine s'était assoupie. La gorge sèche, elle ouvre en robe de chambre et tombe nez à nez avec Francis Schmitt, son homologue d'enquête version masculine. Avec un prénom si proche du sien, les deux font la paire.

— Bonjour madame, veuillez vous habiller et sortir de votre domicile. Nous devons procéder à une perquisition, déclare-t-il tout de go.

Dans sa main, il tient un mandat. Francine ouvre des yeux comme des soucoupes.

— Une perquisition ? Mais je ne fais rien d'illégal ici !

— Madame, allez vous changer et calmez-vous, nous n'avons aucun grief contre vous, cela concerne le veilleur de nuit…

La voix de Francis s'est éteinte. Les mains de Francine tremblent sur la poignée de porte.

— On a retrouvé Thomas ? C'est ça ?

Les larmes lui montent aux yeux. Elle a l'impression que le cœur va lui sortir de la poitrine tant la mine dépitée du gendarme l'horripile. Après des jours de recherches il fallait bien s'y attendre.

— Parlez, dites-moi la vérité, les battues ont permis de le retrouver ? Il est…mort ?

Francis fait non de la tête.

— Il ne s'agit pas de Thomas, mais d'Arthur. Son corps a été découvert ce matin pendant une battue pour chercher son prédécesseur.

Francine ne sent plus ses jambes. Un regard au gendarme suffit à lui indiquer qu'elle est sur le point de défaillir. En une fraction de seconde, elle tombe dans ses bras, inconsciente.

Avant d'ouvrir les yeux, Francine est surprise par l'odeur qui l'entoure. Une odeur vide, sans âme. Elle hésite à soulever ses paupières pour découvrir son environnement. Elle peut sentir le drap posé sur sa poitrine. Elle reconnaîtrait sa texture parmi des milliers. Il faut dire qu'elle a enveloppé son mari dans les draps du service hospitalier de Colmar pendant des mois avant que la maladie ne l'emporte. Depuis, elle s'était jurée de ne plus mettre les pieds ici. Sa promesse vient de tomber à l'eau.

Doucement, elle papillonne des paupières…

— Vous vous sentez mieux ?

Francine se dresse, les yeux grands ouverts. Francis Schmitt se tient sur un fauteuil près de son lit. Il l'observe avec une empathie dérangeante. Voilà, à cet instant, la boulangère voit son âge déclinant dans le regard de l'homme approchant de la retraite.

Elle se redresse, prête à quitter sa prison aseptisée, mais elle voit trente-six chandelles.

— Restez allongée, vous êtes épuisée. Le médecin a dit que votre tension était très basse et que vous aviez certainement attrapé un bon coup de froid. Rien d'alarmant, mais vu votre âge ils préfèrent vous garder une petite journée le temps que les vertiges passent.

— Vous êtes infirmier à vos heures perdues ?

— Je suis gendarme et lucide. Vos activités de noctambule vous ont conduite ici. Je vous avais prévenue, vous n'êtes pas de taille.

— Vous êtes culotté pour poursuivre vos sarcasmes dans ma chambre, réplique-t-elle en tentant de retirer la perfusion qui lui chatouille la veine.

Francis s'assied à côté d'elle et pose une main sur son avant-bras pour retenir son geste. Son regard plongé dans celui de Francine est à la fois ferme et bienveillant.

— Il ne s'agit pas de sarcasme, mais de bon sens. Vous vous épuisez à suivre des pistes inutiles. Le laboratoire a envoyé ses conclusions il y une petite heure. La mort d'Olympia est naturelle, ils n'ont trouvé aucune trace suspecte, pas de produit particulier comme vous le suggériez. Le vétérinaire a conclu à une infection généralisée suite à une morsure à la patte, un schéma classique pour un chat de gouttière. Votre piste tombe à l'eau.

— Pourtant elle était dans un sac en plastique, on a voulu cacher sa dépouille.

— Même si c'était le cas, aucun lien n'est possible avec les Wagner.

Francine serre les poings. L'aiguille de la perfusion fait perler une goutte de sang sur le dos de sa main. Elle n'y prête pas attention. Toute sa tension se concentre sur ses doigts crispés de rage.

— Vous refusez de voir la vérité. Rien ne va plus depuis que Wagner a un succès fou. Cet homme est une plaie pour notre petit village. Un chat qui disparaît, puis Arthur qui…

Sa vue se brouille. Elle ne parvient plus à parler tant elle doit fournir un effort pour étouffer le sanglot hurlant dans sa poitrine. Elle n'ose pas dire qu'Arthur est mort. Pas à voix haute, cela donnerait une réalité à ce qu'elle refuse d'admettre.

— Francine, vous faites une fixation, vous cherchez un coupable à tout prix. Victor est totalement hors de cause concernant la mort d'Arthur. Il était en garde à vue cette nuit. Tout confirme la piste du suicide. C'est pour cela que je suis venu chez vous initialement, j'ai des questions à vous poser le concernant.

Francine a le vertige. Le flot d'informations l'assomme. Elle avait cru rêver à l'annonce de la mort d'Arthur. Peut-être avait-elle mal entendu ? À son âge il est facile de mal interpréter des paroles quand l'oreille interne nous fait des misères. Sauf que son audition ne lui joue pas des tours. Arthur est mort. Un gamin. L'avenir lui ouvrait ses bras. Pourquoi aurait-il voulu en finir avec la vie ? Lui qui la croquait à pleines dents et qui sortait toutes les nuits pour jouir des privilèges de la jeunesse.

— Je ne comprends pas, murmure-t-elle. Arthur s'est...suicidé ?

Francis hoche la tête.

— Pardonnez-moi pour les détails, je sais que cela va être dur, mais on l'a retrouvé pendu dans un bois.

Francine étouffe un sanglot dans sa main tremblante. Elle a envie de hurler. Ce matin encore, elle se voyait prendre un petit-déjeuner en sa compagnie. Il aurait descendu les marches de l'escalier deux par deux, les cheveux coiffés en catogan, une expression malicieuse au coin des lèvres, fier de son rôle de veilleur et heureux d'avoir conquis le cœur de Magalie malgré les interdictions de son père.

— C'est Victor Wagner, murmure-t-elle. Victor a certainement tué Arthur.

— Francine, laissez les Wagner de côté. Je vous rappelle qu'il était en garde à vue cette nuit.

— Pourtant c'est bien la seule personne à haïr ce garçon. Il ne voulait pas qu'il fréquente sa fille. Il a voulu s'en débarrasser et c'est chose faite.

Les larmes coulent sur les joues de Francine. Elles s'écoulent dans les sillons de ses rides et s'écrasent sur le col de sa robe de chambre. Les rigoles de tristesses ont tracé leur chemin au fil des années et des deuils. Jamais elle n'aurait pensé s'attacher à un gamin de vingt-deux ans et l'enterrer.

— Justement, je suis ici pour vous poser des questions concernant cette relation avec Magalie.

— Il n'y a rien à savoir d'autre que ce que je vous ai dit ! Victor a poussé Arthur au suicide.

— Pour le moment, rien ne l'atteste. Par contre nous avons la preuve que les relations entre Arthur et Magalie n'étaient pas au beau fixe. Pouvez-vous m'en dire plus ? Vous étiez sa logeuse, vous avez certainement entendu quelque chose ?

Le gendarme a sorti un calepin de sa poche. Attentif, il note déjà quelques détails.

— Ils passaient leur temps à se chamailler et se rabibocher. Ils s'aimaient tous les deux, sauf que le père de Magalie ne voulait pas qu'ils soient ensemble…

— Pourtant cela ne les empêchait pas de se voir. Je ne pense pas que le père soit le réel motif d'un suicide, ils auraient pu fuir tous les deux, propose Francis.

Francine ne parvient plus à articuler un mot. La perspicacité de l'enquêteur l'assomme. Sa tête bourdonne. La vérité est aussi dure à admettre qu'avaler un bol de terre. Et si son aversion envers Victor l'avait rendue marteau ? Plus le gendarme parle, plus Francine comprend qu'elle s'est fourvoyée et que sa haine envers un homme ne lui permettait pas de concevoir une explication plus rationnelle. *Arthur était bien trop positif pour être influencé par Victor au point de se tuer.* La bouche sèche, elle tend une main fébrile vers la tablette où sont posés un verre et une carafe. Francis se penche aussitôt pour le lui donner.

— Buvez lentement, lui conseille-t-il. Je vais revenir plus tard, vous avez besoin de repos. Navré de vous avoir secouée. J'aurais dû attendre et vous laisser digérer la mort de ce jeune homme.

Francine fait non de la tête tout en avalant quelques gorgées d'eau.

— Non, restez, dit-elle après avoir posé son verre. Vous avez raison, je perds la tête avec les Wagner. C'est que…vous voyez…à chaque fois qu'un malheur arrive, ils sont dans les parages…

— Il s'agit d'une réaction normale, on cherche toujours un coupable du côté des gens que l'on ne porte pas dans son cœur. Concernant Arthur et Magalie, vous aviez quelque chose à me dire ?

— Je ne sais pas ce que ça vaut, mais Arthur était très jaloux. Magalie ne l'a pas quitté à cause de son père, mais parce qu'elle n'en pouvait plus qu'Arthur l'accuse de fricoter avec Hugo, le fils de Bertrand…

— Le patron de la Taverne Alsacienne ? s'étonne Francis.

— Oui, c'est bien lui. La nuit où le *Zum Lamala* a été vandalisé, Magalie est revenue avec des traces de peinture fraîche. Arthur était convaincu qu'elle avait participé à cet acte de vandalisme pour briller aux yeux de son nouvel amant…entre nous, je n'y ai jamais cru. Mais maintenant qu'Arthur est mort, peut-être les a-t-il surpris ensemble ? Vous savez, il était éperdument amoureux…

— C'est l'impression que nous avons eue. Merci Francine, cela nous permet de confirmer la raison de son suicide.

— Avec une simple supposition ? Vous êtes fous !

— Non, votre témoignage permet de consolider d'autres preuves, comme le SMS qu'Arthur a envoyé à Magalie avant de se donner la mort. Pauvre garçon, partir si tôt. L'amour n'est pas toujours un cadeau.

L'enquêteur se lève et enfile sa veste avant de saluer Francine. Cette dernière n'attend pas qu'il soit parti pour appuyer sur le bouton d'urgence. Ras-le-bol des hospices, Francine a besoin du calme de sa maison pour noyer son chagrin dans un verre de *Kirsch*[37]. L'alcool fort est idéal pour soulager les plaies à vif.

---

37. eau de vie de cerise noire ou griotte, spécialité d'Alsace. On appelle l'eau de vie « Schnaps »

9
DOUBLE DEUIL, DOUBLE PEINE

Passés quatre-vingts ans, on pourrait penser que les enterrements deviennent habituels. Que l'on se fait à l'image du cercueil descendant dans la fosse, aux pleurs des proches et au bruissement de la terre tombant sur l'ultime demeure du défunt. Foutaises. La mort marque les vieilles âmes d'une nouvelle fêlure. Encore plus quand le disparu est jeune.

Il n'y a rien qui puisse normaliser et rendre acceptable la perte d'un garçon de vingt-deux ans. Rien qui puisse soulager le gouffre creusant la poitrine de la clique des mamies.

Le cimetière d'Orbey est comble. Le décès d'un garçon sorti de l'adolescence attire du monde. Surtout quand le jeune homme en question occupait une place importante au sein du village situé vingt kilomètres plus loin.

Alignées derrière les membres de la famille, leurs capuches en plastique transparent dégoulinantes de pluie, elles peinent à retenir leurs larmes devant celles des parents d'Arthur.

Ils sont dévastés. La mère surtout. Comment accepter qu'un enfant se retire la vie ? Arthur restera à jamais un gosse jovial et souriant. Anna, sa maman, ne le verra plus grandir. Elle n'enlacera plus jamais son grand dadais de gamin. Son unique enfant. Son bébé. Elle pensait pouvoir le protéger de tout. À Turckheim, que risquait-il ? L'amour l'a tué. Anna fulmine. Elle aimerait voir Magalie morte et son père souffrir autant qu'elle pour équilibrer la balance de la douleur. Penser ainsi lui fait d'autant plus mal. Plus elle concentre sa peine sur sa haine, plus le dégoût lui noue la gorge. Comment pourrait-elle souhaiter une telle souffrance à un autre parent ? D'autant que la serveuse n'est plus que l'ombre d'elle-même. Un fantôme parmi les vivants, déjà morte à l'intérieur, accablée d'avoir poussé Arthur à enrouler une corde autour de son cou. La culpabilité se lit sur son visage creusé, mangé de douleur. Elle ne souhaitait pas sa mort. Elle ne porte ni capuche, ni parapluie. Ses cheveux trempés collent à son visage creusé. En quelques jours, Magalie s'est amaigrie, refusant de se nourrir, de vivre en sachant que le corps d'Arthur était allongé au funérarium, bourré de produits pour ralentir sa décomposition et permettre à ses proches un ultime adieu. Un adieu terrible. Car autour de son cou, le croque-mort avait pris soin d'ajouter un foulard de soie afin de masquer la brûlure de la corde. Mourir les os rompus, brisés par la chute. Chacun y pense tandis que le cercueil disparaît sous les sanglots étouffés d'une mère à genoux dans la terre boueuse. La silhouette du pendu hantera longtemps le bois de Turckheim et les pensées des proches du veilleur de nuit.

Le glas retentit. Chaque tintement heurte la poitrine d'Anna qui s'effondre dans les bras de son mari. N'y tenant plus, Magalie quitte le cimetière d'Orbey en courant. Son père l'attend à l'entrée. Francine l'a vu en arrivant. Rester le temps de la cérémonie aurait été une offense aux parents d'Arthur. Le dernier message de Magalie était clair. Elle se séparait définitivement d'Arthur car son père avait honte qu'elle se montre en public avec un saltimbanque sans avenir. Certains mots scellent un destin. Celui d'Arthur était de mourir pendu car Magalie ne pourrait jamais être son épouse. Ironie du sort, elle lui a vraiment mis la corde au cou en l'abandonnant.

Les pleurs d'Anna redoublent de violence. Elle ne veut pas jeter de terre sur le cercueil. Elle ne peut pas accepter que son enfant gît entre quatre planches de chêne blanc. Un blanc ivoire choisi pour rappeler l'innocence d'un garçon fauché par l'amour.

C'en est trop pour Francine. Voir Anna dans cet état lui broie le cœur. Surtout qu'elle ne peut pas se permettre de poser une main compatissante sur son épaule. Elle devait veiller sur son fils. Ce n'était pas son rôle, mais au fond, une mère cherchera toujours un renfort maternel pour protéger son enfant.

— Francine, viens *Schötzala*, on rentre au chaud, lui conseille Fatiha.

Elle hoche la tête, dépitée. Beaucoup de gens ont déserté le cimetière pour laisser la mère à sa douleur. Son mari l'enlace de toutes ses forces. Il n'a pas versé une larme. Il compense. Toute sa souffrance se lit dans son regard presque fou. Un regard posé sur la croix provisoire où figure le nom de son enfant.

— Fati a raison, tu traînes déjà un sale rhume, rentrons, lui rappelle Babette.

Francine se laisse guider par ses amies. Elle marche sans trop savoir où elle va. Elle n'a pas conscience qu'on l'a fait monter dans la petite Clio de Babette. Le front appuyé à la vitre embuée, elle soupire, le cœur pris en étau.

Francine ne prête pas attention à Fatiha assise à côté d'elle. Ses pensées se diluent comme la pluie s'abattant sur le pare-brise.

Rien ne peut soulager sa conscience meurtrie. Elle a essayé de se fourvoyer, de trouver un coupable, mais elle doit se résoudre à accepter la vérité. Elle avait sa part de responsabilité. Elle aurait dû prévenir les parents d'Arthur. Leur dire qu'il découchait et fréquentait une fille. Peut-être qu'Anna aurait su le convaincre de la quitter. Francine, elle, s'était contentée de lui préparer des gâteaux pour le réconforter après chaque dispute. Comme si des *Bredala*[38] pouvaient guérir un cœur en charpie ! Elle se sent stupide, inutile. Elle ne voit pas le regard compatissant de Fatiha posé sur elle. Entrée en elle-même, Francine ne prête pas attention aux routes la menant vers le village de Turckheim. Plus rien ne compte. Tout se dilue dans les larmes acides qui la rongent.

— Je mets la radio, si ça ne dérange personne, annonce Babette pour se changer les idées.

Les premières notes de «Tous les cris les SOS» de Balavoine sont balayées par la conductrice qui change de station. Hors de question de se miner davantage avec une chanson à vous tirer des trémolos même lorsque vous êtes en joie. Encore plus un jour de deuil ! Elle passe directement sur les radios destinées aux jeunes, zappant un titre de rap trop osé même pour ses oreilles impudiques, et s'arrêtant sur le dernier carton d'une chanteuse améri-

38. Petits biscuits Alsaciens souvent associés aux fêtes de Noël et préparés pendant la période de l'Avent

caine qu'elle ne sait jamais distinguer de Beyoncé ou Rihanna. Au moins, le rythme de la mélodie apporte un peu de vie dans la voiture. Babette est loin, très loin de se douter que ce geste anodin va beaucoup leur coûter. Dans moins d'une minute, l'info de seize heures va débouler et s'abattre sur le trio comme une vague impétueuse. Pour le moment, la chanteuse s'extasie sur les « diamonds in the sky » et Babette chante en anglais-chewing-gum en tapotant mécaniquement le volant. C'est sa façon d'éviter la réalité. Celle-ci est trop cruelle pour s'y frotter, et malgré son allure forte et sûre d'elle, Babette est trop fragile pour encaisser les coups.

Le Flash info est un coup de massue. Babette serre le volant à s'en faire des ampoules. Elle voudrait couper la radio mais elle reste scotchée aux mots de la speakerine.

«Double drame à Turckheim, le corps de Thomas Egler, jeune veilleur de nuit, a été découvert dans les bois écrasé par la chute d'un arbre».

Babette se dit qu'elle a rêvé. Elle est dans un cauchemar et va se réveiller. Elle ne roule pas, elle ne se trouve même pas dans sa voiture harassée par les trombes de pluie. Rien n'est réel, ni les infos, ni Fatiha qui lui hurle de s'arrêter sur le bas-côté.

— BB arrête-toi ! Francine vire au bleu !

Les mains de Francine tremblent tant qu'elle doit les presser pour se soulager. La culpabilité lui noue la gorge, si fort qu'elle a l'impression qu'un nœud coulant lui glisse sur le cou. Elle étouffe. Elle suffoque, brisée de l'intérieur.

Babette jette à peine un regard dans le rétro et monte sur un trottoir occupé par un gosse à trottinette qui l'incendie à coups d'insultes auxquelles elle ne répond pas. Elle n'est pas d'humeur à la joute verbale.

Les deux amies sortent du véhicule et en extirpent Francine. Foudroyée de chagrin, elle tombe à genoux sur le trottoir. Elle ne parvient plus à pleurer. Elle se sent morte. Quelque chose la quitte définitivement. L'espoir. Quand l'espoir meurt alors que l'on s'y accrochait de toutes ses forces, on tombe brusquement, happé par l'abyssal vide de l'illusion. Oui, Francine s'est bercé d'illusions. Espérant et priant pour que Thomas soit encore parmi eux. Le veilleur n'est plus. Il a rejoint Arthur. Deux gamins fauchés trop tôt. Deux jeunes qui ne déambuleront plus sous son toit. Sa maison devait être un refuge. Elle a le sentiment que ses quatre murs sont maudits.

— Francine, reprends ton souffle, ça va aller, lui murmure Fatiha.

Ça n'ira pas. Ça n'ira plus. Au moins durant un moment. Le temps de digérer. D'accepter l'inacceptable. Fatiha ne sait pas combien ce genre de parole est insupportable. Sa douce bienveillance ne peut apaiser le feu dans lequel sa poitrine se consume. La haine monte en elle. L'incompréhension la domine. Thomas, écrasé dans une forêt ? Comment est-ce possible ? Elle ne connaît pas de jeune plus dégourdi. Apaiser sa douleur lui paraît trop précoce. Elle préfère l'attiser pour ne pas oublier Thomas. La plupart des gens prononceront quelques phrases réconfortantes avant de vaquer à leurs occupations. «Pauvre gamin, mourir si jeune, quel manque de chance !». Personne ne cherchera à comprendre, personne ne creusera pour déterminer les circonstances exactes de son décès. On tournera la page et on oubliera le gentil veilleur, amoureux des traditions, de la nature et prompt à rendre service. Francine ne veut rien tourner. Elle veut comprendre pourquoi les deux seules personnes qu'elle a hébergées ont trépassé. Elle ne peut pas accepter la vérité transmise par les médias.

— Francine, tu grelottes, on rentre chez moi pour se réchauffer, propose Babette.

Elle hoche la tête. Sa proposition la réconforte car elle ne se voyait pas retourner dans sa petite maison vide.

Le temps semble s'étirer, le décor lègue sa place à un autre sans même qu'elle s'en aperçoive. Francine n'a pas quitté le bord de la route. Les paroles de la journaliste habitent sa tête et martèlent leur message macabre. Thomas est mort. Elle n'ose pas regarder son téléphone. Les Egler l'ont certainement appelée. Elle ne veut pas se confronter à eux. Pas après avoir enterré Arthur. Deux locataires dans la même journée, c'est trop pour une femme de son âge.

Assise dans la cuisine de Babette, une couverture sur les épaules, elle garde les yeux plongés dans son verre à liqueur. Les voix sont lointaines, brouillées comme si elle avait la tête sous l'eau. Seul un écho désagréable bourdonne à ses oreilles. Noyée, abasourdie, elle sirote son verre de schnaps sans prêter attention à ses amies.

Babette est aux petits soins. Sous le choc, Francine n'a pas prononcé un mot depuis l'annonce au journal de 16h. Ses amies respectent son silence et se contentent de regarder la télévision sans trop prêter d'importance au programme de cette fin d'après-midi maussade et triste comme un enterrement.

Seule la petite flambée dans le poêle réchauffe leurs cœurs. Bien qu'on soit en plein mois d'août, Babette a allumé l'âtre pour apporter un semblant de vie dans son foyer.

Fatiha s'y réchauffe le bout des doigts en observant le henné sillonnant ses mains fines et satinées. Il y a une semaine encore, elle participait aux fiançailles d'une de ses nièces un peu plus âgée que les veilleurs de nuit. Le temps de l'insouciance et de la joie est si loin.

L'œil vide, les trois amies fixent l'écran sans savoir par quel bout commencer pour lancer une conversation et briser ce silence étouffant. Elles n'ont conscience du temps qui passe uniquement par le déroulement des programmes TV. Des jeux télévisés destinés au troisième âge et qu'elles regardent en cachette pour ne pas avoir l'air de mémés accros au Slam et autres Questions pour un champion.

Le journal de dix-neuf heures s'ouvre sur les actualités régionales. Le décès de Thomas est évoqué en première ligne. Il faut dire que tout le village et les environs s'étaient relayés pour le retrouver.

— La dernière battue a porté ses fruits, dit Fatiha d'une petite voix.

Les autres hochent la tête, observant l'image du chêne couché en pleine forêt. Un vieux spécimen qu'une pichenette aurait pu déraciner. Le reporter évoque un accident tragique, la perte d'un garçon proche de la nature ayant été surpris par une bourrasque. Francine fulmine, on pourrait croire que la presse locale tente de dresser le portrait d'un jeune inconscient qui n'avait pas été préparé aux conditions de survie. Sauf qu'elle connaît Thomas et sait combien il était féru de randonnées. Il était calme, observateur, organisé. Rien à voir avec le gamin écervelé dont on dresse le portrait au 19/20 local.

— Thomas n'était pas assez idiot pour traîner près d'un arbre dans cet état, déclare-t-elle en se levant pour couper la télévision. Ces JT ne me feront pas gober n'importe quoi...

Au moment d'appuyer sur l'interrupteur, Babette l'arrête et augmente le son avec la télécommande. Une journaliste en duplex direct à Turckheim s'exprime devant la mairie prise d'assaut par les Meyer et les Egler. Les deux clans sont réunis. Parents, oncles, tantes, cousins, ils forment un groupe d'une quinzaine de personnes et invectivent la maire en jetant des œufs sur la façade.

— Le temps est à la grogne. Théâtre de deux tragédies, Turckheim subit la colère des parents endeuillés, commente la correspondante de FR3. En direct ce soir, nous nous trouvons avec madame la maire confrontée à la hargne des familles des deux regrettés veilleurs de nuit.

Francine s'écarte de l'écran. Elle serre les poings et se mord les lèvres tant elle a envie de saisir le téléviseur et de le jeter sur le sol. Les images sont accablantes. Debout devant le majestueux hôtel de ville, Laura Schultz arbore fièrement l'écharpe tricolore et lève les mains avec une attitude de miss Alsace. Le menton relevé, elle prend de haut les insultes de la petite foule lui reprochant son manque de réactivité au moment de la disparition de Thomas.

— Assassin ! hurle Mathilde Egler.

— Vous deviez protéger nos enfants ! s'insurge son mari en jetant un œuf vers l'élue.

Infaillible, la maire s'essuie le visage avant de lever les mains dans un ultime geste d'apaisement.

— La gendarmerie est sur le front, une enquête est menée pour déterminer les causes de la mort de Thomas, mais tout converge vers la piste accidentelle, explique-t-elle. Croyez-moi, c'est une série noire et la commune est nullement responsable de…

— Cela fait des semaines que je tente de vous joindre, vous avez mis un temps fou avant de lancer les recherches ! hurle Mathilde. Vous avez votre part de responsabilité, c'était votre employé !

— Un bénévole, pas un employé, corrige la maire avec douceur. Et je vous signale qu'il a falsifié un arrêt maladie pour se donner bonne conscience et partir dans la cambrousse. Soyez raisonnables mes amis, cette situation est terrible, mais il ne faut pas chercher un bouc émissaire à tout prix. Nous sommes à vos côtés dans votre peine, mais nous ne pouvons endosser le rôle de coupables quand il n'y a rien à nous reprocher.

Francine envoie valser le plaid posé sur ses épaules et se tourne vers ses amies. Furieuse, les yeux aussi revolver que la chanson de Marc Lavoine, elle se rue sur sa parka.

— Tu vas où comme ça ? lui demande Babette. Il pleut à verse !

— Je vais rejoindre les parents de Thomas. Ils ont besoin de soutien. Ils veulent se battre, je me battrai avec eux !

— Se battre ? Mais contre qui ? s'insurge Fatiha.

— Contre cette ordure ! fulmine Francine en montrant la maire du doigt. Elle leur manque de respect et piétine la mémoire de Thomas en parlant d'accident. Notre chère maire aurait pu réagir plus tôt, mais elle était trop occupée à se bâfrer de tarte au fromage blanc et à se frotter les mains devant la notoriété du village !

— N'y va pas, lui dit simplement Babette. Tu risques juste de te mettre la gendarmerie à dos. Ils t'ont déjà dans le nez depuis l'histoire du chat, n'ajoute pas d'huile sur le feu.

Francine est bien décidée à n'en faire qu'à sa tête.

— Vous ne m'empêcherez pas de découvrir ce qui est arrivé à Thomas. Cette histoire de randonnée est trop invraisemblable. Les gendarmes n'ont qu'à se fourvoyer, moi je mène mon enquête. Et je commencerai par questionner les parents.

D'un pas décidé, elle traverse le salon et se rend dans l'entrée suivie de ses amies qui l'accompagnent malgré elles.

En vérité, tourner la langue sept fois dans sa bouche ne ferait pas de mal à la boulangère. Car Francine est loin de se douter qu'au même instant, transi de froid, sous une pluie presque automnale, un gendarme observe à la loupe l'arbre qui a fauché Thomas. Seul l'œil aguerri d'un enquêteur sait voir les détails infimes d'une écorce maltraitée. Certains ne prendraient pas le temps de passer les doigts le long du tronc, de sentir les sinuosités particulières d'une écorce altérée par la main de l'homme. Un enquêteur lambda conclurait à un accident. Tout concorde : le chêne tombé, le corps écrasé sous son poids. Mais il demeure des zones d'ombres forçant Francis à revenir sur ses pas. L'absence de portable est un premier indice. Les marques sur le tronc un autre. Son appareil à la main, il photographie chaque rainure, espérant une piste confirmant son intime conviction. L'arbre est le seul couché, comme si Dieu l'avait poussé au hasard afin d'écraser Thomas. Cela sonne faux. Francis le sent. La sauce ne prend pas, il sait flairer une mise en scène, et il doit admettre que celle-ci est originale.

10
ET UN PEU DE SUCRE EN POUDRE ?

La véranda baigne dans une agréable pénombre. Les fenêtres closes et les stores ouverts maintiennent une légère fraîcheur contrastant avec la fournaise brûlant fleurs et pelouse à l'extérieur. Le monde s'est arrêté avec les feux du mois d'août. Rentrés chez eux, les Turckheimois ont fermé portes et volets pour se protéger de la chaleur assommante. Le village est anesthésié, presque mort. Même les restaurants tournent au ralenti. Tout est figé, mis en quarantaine. La commune est une pestiférée que les touristes n'osent plus approcher. Qui voudrait mettre les pieds dans les rues foulées par deux veilleurs de nuit morts sans avoir profité de la vie ? La rumeur enfle, la chaleur bat les tempes et monte à la tête. On chuchote, on parle de malédiction, de faucheuse rôdant dans les ruelles. La chaleur est revenue subitement, comme une plaie, un rappel à l'ordre venu d'en-haut. Et si on cherchait à les punir ? Si les villageois avaient leur part de responsabilité ? Tout le monde y pense. Personne n'en parle. Les mots sèchent et meurent dans les bouches comme les fleurs de géranium s'étiolant en larmes de sang sur les trottoirs.

La vie doit continuer. Laura Schulz s'y attelle, cumulant les conférences de presse, appelant au calme et au recueillement pour ne pas envenimer la situation. Le mal est fait, les gens se calfeutrent et les touristes se font rares. Il faudra bien plus qu'une célèbre tarte au fromage blanc pour les rameuter après les derniers évènements. Sauf que madame la maire n'a pas dit son dernier mot, et sur les façades de la rue principale, alors que les habitants somnolent, abêtis par le soleil cuisant, l'équipe municipale placarde des affiches pour rapporter un semblant de vie. Car la vie continue, et malgré la tragédie qui frappe les lieux, Laura s'acharne à accrocher lampions et banderoles *Rot un'Wiss*[39] afin de contrer le sort.

Le spectre de la mort n'est pas si loin, et ses efforts dérisoires pour soulager la plaie béante qui balafre son village. La couvrir d'images colorées n'étouffera pas l'affaire, elle suintera telle une plaie purulente, une infection qui atteindra les moindres strates de la commune. On ne peut pas contrer la mort à coups de fêtes populaires. L'agitation de

39. « rouge et blanc » les couleurs du drapeau alsacien, devenu son nom.

Laura est trop précoce, tout le monde a encore en tête les funérailles données coup sur coup. Dix jours se sont écoulés depuis la découverte du corps de Thomas et l'enterrement d'Arthur. Les obsèques de Thomas ont eu lieu dans la fournaise. Les visages rougis, ruisselants de larmes et de sueur, les quelques proches s'étaient recueillis dans un silence déchirant. Qui aurait pu les soutenir sous les feux d'un soleil agressif et cruel ? Un soleil martelant le cercueil dont le bois blanc aveuglait les parents abattus. Des parents incapables d'accepter le sort de leur fils.

Francine entend encore le hurlement de Mathilde au moment où la maire lui avait adressé ses condoléances. Absente de la cérémonie, le visage pâle, le maquillage coulant sur ses joues, Laura Schultz s'était présentée lors du verre du souvenir organisé dans le presbytère. Tenant un paquet regroupant les effets personnels de Thomas, elle avait balbutié quelques paroles bienveillantes avant de recevoir une gifle magistrale. Elle comptait les lui rendre comme un hommage. Un affront pour la mère incapable de contenir sa rancœur. Consciente de la douleur maternelle, la maire s'était éclipsée sans prononcer un mot.

Francine ressasse la scène tout en tournant sa cuillère dans un grand verre de café glacé. Elle n'avait pas osé effleurer Mathilde, cette petite femme aux cheveux blonds coupés à la va-vite. Elle s'était emparée d'un ciseau et avait taillé les longues boucles que son mari aimait tant tordre du bout des doigts. Une façon de porter le deuil, de briser son image et de ne jamais oublier la douleur. Devant la fosse, les cheveux en bataille, les yeux cernés, elle n'avait pas versé une larme. La souffrance se lisait sur ses traits tirés, vieillis par la perte de Thomas. Par respect, Francine s'était murée dans un immobilisme silencieux, et au fond de son cœur, la colère hurlait à lui déchirer l'âme. Elle devait aider cette mère, elle en était responsable.

Les glaçons tintent contre la surface embuée. Francine fixe les gouttes qui s'écoulent et tachent sa table en merisier. Silencieuses, Babette et Fatiha grignotent une part de tarte aux mirabelles. Elles n'ont pas le cœur à manger. La pâtisserie a perdu sa saveur. Un goût d'enfance évoquant de petites filles suspendues aux échelles, leurs jupes remplies de fruits dodus. Francine a cuisiné de façon mécanique, sans âme. D'ailleurs, les filles se demandent encore pourquoi elle leur a demandé de partager un goûter par une telle chaleur. Toutes deux auraient préféré ne pas affronter la canicule, mais le ton impérieux de leur amie les avait convaincues.

— C'est délicieux, dit Fatiha pour briser le silence.

Babette lui jette un regard qui en dit long. La reine de la franchise ne supporte pas le mensonge et se contente de repousser son assiette pour désapprouver les compliments de Fatiha.

— Elle est immangeable je le sais bien, rétorque Francine amère. J'ai oublié de la sucrer. J'étais trop prise dans mes pensées.

— *Jo tü* ! Ceci explique cela ! s'exclame Babette. Bon sang, j'ai cru que tu avais perdu ton don pour la pâtisserie. Rassure-moi, tu comptes broyer du noir pendant longtemps ?

— Je ne broie rien, je réfléchis, je me remémore les dernières semaines pour chercher un indice qui m'aurait échappé. Ça m'obsède, ça m'empêche de fermer l'œil. Je ne peux pas rester les mains dans les poches. Les gendarmes vont conclure à un accident pour Thomas, pourtant je sens que les deux décès sont liés. Je ne suis pas aveugle, ces gamins ont dû découvrir quelque chose de dangereux.

— Tu ne vas pas refaire ta Miss Marple j'espère ? lui demande Fatiha, tellement étonnée qu'elle manque de s'étouffer avec un noyau. Tu te souviens de l'état dans lequel tu étais quand tu as voulu mener ta propre enquête ?

— C'est bien pour ça que je vous ai fait venir. Seule, je ne vaux rien. Nos trois cerveaux seront plus performants !

— Tu es sûre qu'il y a bien une affaire à suivre ? demande Babette perplexe. On pourrait laisser ça aux pros et accepter ce que clament les autorités.

— J'accepterai leurs conclusions quand j'aurai tout vérifié de moi-même. Vous me suivez ? On a une chambre à fouiller.

Elle se lève brusquement, faisant sursauter Mistinguette qui se réfugie sur le canapé jaune citron. La clique n'a pas d'autre choix que de se recomposer. Après tout, elles avaient flairé quelques pistes intéressantes quand elles recherchaient Mistinguette, elles ont peut-être assez de talent pour débusquer de nouvelles preuves.

— Tu es sûre qu'on a le droit de fouiner dans la chambre d'Arthur ? Une enquête est en cours tout de même ! s'exclame Fatiha.

Francine lui jette un regard désapprobateur avant de pousser la porte de la chambre.

— Les gendarmes l'ont inspectée trois fois en faisant chou blanc. La pièce n'est même plus sous scellé, alors oui : j'ai le droit de venir, et de chercher. Je dois bien cela aux parents de Thomas et d'Arthur. Vous savez ce qu'ils m'ont dit ? Aucun ne croit ni au suicide ni à un accident. Quelque chose nous dépasse, et je compte bien mettre le doigt dessus !

Elle donne un coup de pied rageur dans les restes de scotch jaune laissé au sol avant d'en faire une boule qu'elle balance dans une corbeille à papiers.

— Te voilà bien énervée, constate Babette. Pas sûr que ce soit la meilleure méthode quand on commence une enquête. Pour avoir les idées claires, il vaut mieux garder tes émotions au placard.

Elle s'assied au bord du lit et lève les bras pour craquer ses articulations douloureuses. Les changements climatiques rendent la vie dure aux vieux os. L'enterrement d'Arthur passé sous un déluge a fait place à une chaleur saharienne. Babette aurait préféré piquer une tête plutôt que de s'enfermer à nouveau dans ce cagibi. Surtout qu'elle a un sacré cafard à retourner ici. La dernière fois, un mauvais pressentiment l'avait submergée, et elle avait prié pour que son intuition soit fausse. Rien ne pouvait être pire que la mort des deux gamins.

— Ne reste pas ton *Arsch*[40] posé comme ça, bougonne Francine. Regarde Fatiha, elle ne voulait pas venir mais elle a déjà commencé à retourner la bibliothèque.

— Bibliothèque qui a été vérifiée X fois entre notre première incursion et les visites des gendarmes, baille Babette. Sérieusement, comment trois mamies pourraient les devancer ?

— BB, je t'en prie, laisse-moi croire qu'on est utiles. Je dois m'accrocher au moins à un espoir…

— Mais quel espoir ? Celui de prouver que ces deux gosses ont été assassinés ? C'est ce que tu appelles un espoir ? s'exclame Babette qui s'est levée du lit.

40. Familier « ton cul »

Francine reste immobile au milieu de la pièce, la lèvre tremblante. Babette s'en veut, son tempérament de feu et son sens logique lui jouent des tours.

— Et bien bravo BB ! Pour ce qui est de casser l'ambiance t'es championne ! gronde Fatiha. Tu ne vois pas que notre copine a besoin de soutien ? Elle se sent coupable et essaie de réparer les pots cassés…

— Mais coupable de quoi ? réplique Babette. Francine, tu as hébergé ces jeunes mais ils n'étaient pas sous ta responsabilité. Vous me prenez toutes les deux pour un vilain nuage, j'essaie juste de vous ouvrir les yeux. Confronté à un drame, on s'invente des excuses, et la recherche d'un responsable est plus rassurante que d'accepter la réalité. Parfois le sort s'acharne sur nous, que ce soit par un accident ou un suicide par amour…

— Il ne s'agit pas de ton petit frère, réplique Francine d'une voix froide. Si c'est trop dur pour toi, si tu n'as pas la force de te confronter à un tel drame, tu peux partir, je le comprendrais.

Babette ne bouge pas d'un iota. Quelque chose la retient. L'amitié certainement.

— J'ai vu mes parents chercher toutes les explications possibles pour ne pas se confronter à la réalité. Il n'y a rien de pire que d'accepter qu'une personne ait décidé de mourir, comme ça, sans prévenir.

— Et Thomas ? Tu veux avaler les couleuvres que les journalistes matraquent au 19h régional ? Tu veux croire qu'un randonneur aguerri, un véritable Robinson ait pu mourir écrasé par un arbre ?

Francine est à fleur de peau. Babette aimerait la consoler, lui montrer combien elle compatit à sa douleur, mais ce serait trop précoce, inapproprié. Surtout quand on se sent responsable d'un tel drame. Non, l'unique façon de lui témoigner du respect est de s'atteler à la tâche, même si ce n'est que du vent.

Inutile d'ajouter un mot, Babette ouvre une armoire et se lance dans les recherches. Tout est bien rangé. Au moins, les enquêteurs ont respecté les affaires d'Arthur. Chemises et vestes sont bien accrochées à la tringle. Babette fouille les poches, sans conviction. Évidemment, les enquêteurs ont pensé à le faire, cela tombe sous le sens.

L'armoire est parfaitement rangée et à l'image d'un jeune de l'âge d'Arthur. Hormis les vêtements, sur la tablette du dessus, Babette y découvre des flacons d'eau de toilette, une chicha, des billets de banque froissés dans un bocal de cornichons, des boîtes métalliques contenant des souvenirs glanés ici et là, un peu de beuh parfois. Rien de bien intéressant, juste les miettes d'une vie réduite en poussière.

— N'empêche, la seule piste que nous avions était la disparition d'Olympia, rappelle Francine qui s'est agenouillée pour fouiller sous le lit. Vous pensez que nous étions totalement à côté de la plaque ? Cette histoire de chats, même l'enquêteur en chef n'y croyait pas !

— Tu reviens à nouveau aux Wagner ? s'étonne Fatiha. La gendarmerie t'a dit d'arrêter de te focaliser sur sa tarte au fromage blanc. Olympia a eu une septicémie. Tu vas te rendre dingue à constamment enfoncer le couteau dans la plaie. Beaucoup de chats errants en meurent, ils se mordent et voilà…

— Il ne manque qu'un mobile, répond Francine, les chats sont la clé du mystère, j'en suis sûre. On a une piste, un lien, on sait que Thomas avait remarqué un truc de bizarre chez les Wagner et qu'il les pistait. Et s'il avait été témoin d'un truc ?

— Autre chose qu'un laboratoire clandestin ? s'étonne Fatiha. Ce serait dingue ! Ma pauvre Francine, tu as besoin de te reposer. On ne peut pas remplacer les flics, on va finir à *Rouffach*[41] à force de tourner en rond !

— Je suis d'accord avec Fatiha, c'est le travail des enquêteurs, pas le nôtre. La chambre a été inspectée par des professionnels, qu'est-ce qu'une vieille clique comme la nôtre pourrait y trouver ?

---

41. Ville alsacienne connue pour abriter un asile psychiatrique. L'évocation de Rouffach est très courante dans le langage alsacien quand on parle d'un « coup de folie ».

— Et on va faire quoi ? Abandonner ? s'insurge Francine.

Ses lèvres tremblent. Les nuits sans sommeil se lisent sur ses traits tirés. Fatiha n'a qu'à poser une main chaleureuse sur son épaule pour la ramener à la réalité. Au fond, Francine a besoin qu'on l'enlace et qu'on lui dise de s'allonger, de dormir paisiblement et de ne plus cogiter. Elle n'est pas assez solide, elle ne tiendra pas le coup à s'agiter dans cette pièce mal aérée.

— Tu vas prendre un bon café pour te requinquer, lui murmure Fatiha. Après, tu auras les idées plus claires.

Dépitée, Francine se laisse entraîner hors de la chambre. Ensemble, les trois amies s'installent à la table de la petite cuisine. La propriétaire des lieux est sonnée. Les mots de Fatiha ont agi comme un coup de massue, un dur retour à la réalité.

Tandis que Fatiha chauffe la cafetière, Babette retourne tous les placards à la recherche du sucre en morceaux.

— Ma chère Francine, permets-moi de te dire que ton organisation est catastrophique ! Jesus Gott ! Quel bazar !

— Tu ne cherches pas dans le bon placard, le sucre est au-dessus de l'évier…

Babette l'écoute à peine, trop occupée à ouvrir des boîtes métalliques remplies de tisanes, de raisins secs et de vieux biscuits.

— Ah voilà ! Du sucre en poudre, ça fera l'affaire ! s'exclame-t-elle en exhibant fièrement une petite boîte métallique. M'enfin ma belle, depuis quand on garde le sucre dans de si petits contenants ? On dirait de la dînette pour petites souris !

— De la dînette ? s'étonne Francine qui sort de ses pensées.

Le café est servi à table. Fatiha a rempli les tasses, et Babette s'apprête à sucrer le breuvage. Mais Francine l'arrête avant qu'elle ne verse le sucre.

— Je n'ai jamais vu cette boîte de ma vie, dit-elle.

— Vu ta collection, c'est normal d'être perdue ! s'exclame Babette en versant une généreuse cuillère dans sa tasse.

Francine se lève d'un coup de sa chaise, prend le café de Babette et le renverse dans l'évier. Cette fois, elle a l'air tout à fait bonne à enfermer ! Sous l'œil médusé de ses amies, elle s'empare de la petite boîte métallique à l'effigie d'une raffinerie alsacienne et renverse le contenu sur la table.

— Je n'achète plus cette marque depuis des années, et la boîte ne m'est pas familière, pas plus que cette poudre qui ne me dit rien qui vaille…

Babette et Fatiha se penchent à leur tour, chacune plonge le doigt dans la poudre blanche, cherchant à comprendre les insinuations de Francine à nouveau transformée en Arabesque.

— Vous me prenez pour une folle, hein ? Et si cette boîte avait été laissée par Arthur ? Moi je vous le dis, on l'a trouvé l'ingrédient mystère, Arthur l'avait ici depuis le début…et s'il l'a volé à Wagner, on le tient notre mobile !

Babette attrape Francine par le cou et lui plante un énorme smack sur le front.

— Jesus Gott je vais braire ! Francine, tu devrais entrer dans la police !

— Oh tu sais, j'ai presque le physique de Maigret, il suffit que j'enfile un imper et roule ma poule, je te débusque tous les indices. J'ai du flair pour ça ! rit-elle.

— Qui vous dit que la boîte était à Arthur ? demande Fatiha qui peine à partager l'euphorie policière. Tu as eu d'autres locataires.

— Thomas n'avait aucun intérêt à se procurer l'ingrédient mystère, déclare Francine. À part pour prouver que ce drôle de sucre était utilisé sur les chats du quartier…mais vu les notes dans son carnet, on a bien vu qu'il ignorait l'existence de ce produit. Arthur a certainement mis la main dessus et caché ici pour une autre raison. Mais laquelle ?

Les pièces du puzzle s'assemblent dans l'esprit de Francine à mesure qu'elle prend la parole, créant des liens avec celles qu'elle avait délaissées suite aux remarques de la gendarmerie. Elle a un sourire aux lèvres à présent. Elle sait qu'elle ne perd pas la boule. Vu son âge, les enquêteurs ne l'ont pas prise au sérieux. Les choses sérieuses commencent, et elle compte bien résoudre cette drôle d'affaire avant que le village ne fasse une indigestion.

Pensive, Babette remue la poudre du bout des doigts. Au toucher, tout paraît normal. On pourrait le prendre pour n'importe quel sucre ordinaire.

— Je crois qu'on fait fausse route, dit-elle. Arthur ne savait pas pour les chats, s'il a volé l'ingrédient, ce n'était pas pour prouver que les Wagner testaient les animaux. S'il en avait quelque chose à carrer, il aurait porté plainte le soir où on l'a vu se disputer avec Magalie. Cette boîte, c'est un moyen de pression. Le gamin n'était pas blanc comme neige, ça sent le coup fourré.

Le visage de Fatiha se fend d'un large sourire.

— On le tient notre mobile ! réplique-t-elle. Vous vous souvenez de la brouille avec la Taverne Alsacienne ? Et si Thomas avait filé l'ingrédient secret pour se venger de l'infidélité de Magalie ?

— Il n'y a qu'une manière de vérifier qu'il s'agit de l'ingrédient mystère, il faut le tester, propose Babette. Francine, on a une tarte aux mirabelles à rafistoler, une belle pincée de poussière magique et on saura si on est sur la bonne voie.

— Au pire ma glycémie en prendra un coup, mais ça en vaut la peine ! s'exclame l'ancienne boulangère.

Elles se ruent toutes les deux sur la tarte qu'elles déposent à côté du tas de sucre étalé sur la table.

— Vous êtes tarées, c'est peut-être dangereux !

— L'analyse d'Olympia l'a prouvé, la substance n'est pas mortelle, répond Francine. Hopla Fatiha ! Fais pas ta poule mouillée, on va se taper une part !

— Mouais, mais les gens qui ont mangé la tarte de Wagner étaient un peu zinzins…

— Justement, si on a un pète au casque après notre dégustation, le test sera éloquent ! s'exclame Babette.

Francine répartit des doses généreuses sur la triste tarte aux mirabelles. Penchée sur son ouvrage, elle respire profondément, inhalant la légère poussière blanche en suspension. La substance a la texture du sucre en poudre et demeure volatile comme du sucre glace. Rien à voir avec la cassonade ou autres dérivés que Francine a pu utiliser dans sa boulangerie. Non, la preuve est là, sous son nez, cette substance est unique.

Elle sourit. Un sourire un peu béta qu'elle arbore les jours où elle s'autorise un coup de schnaps après une bonne choucroute.

— Je rêve ou tu essaies de sniffer ce truc ! s'exclame Fatiha qui la prend par les épaules.

— Oh mais arrête un peu de flipper, réplique Francine en riant.

Désinvolte, elle attrape la tarte et la glisse dans le four. Cinq minutes, le temps nécessaire à la caramélisation. Cinq minutes durant lesquelles Francine ne tient plus en place.

— Je ne sais pas si c'est l'euphorie du moment, le fait d'être enfin sur une piste, mais je ne me suis pas sentie aussi bien depuis un bail ! s'exclame-t-elle en ouvrant le frigo pour en sortir une bouteille de crémant.

— L'heure de vérité a sonné ! déclare Babette sur un ton solennel en sortant des flûtes pour boire. Ce soir, nous trinquons aux vérités dévoilées !

Les verres s'entrechoquent joyeusement. L'attitude de Babette et Francine est décalée, rien à voir avec leur état d'esprit des derniers jours. Elles ont l'air de deux scientifiques ayant fait la découverte du siècle. Au fond, Fatiha les comprend. Voilà des semaines que l'enquête piétine, et le secret était sans doute ici, en leur possession. Néanmoins, Fatiha ne le voit pas d'un bon œil. La peur lui noue la gorge. Et si elles mettaient les pieds dans un engrenage dangereux ? Si les veilleurs de nuit ont été assassinés, le meurtrier est en liberté.

— Allez Fatiha fais pas cette tronche ! C'est prêt ! se réjouit Babette en disposant le plat sur la table.

Fatiha ne peut pas lutter. Le parfum est divin. Il caresse son palais et la fait saliver d'envie.

Le dessert n'a pas le temps de refroidir. Armées d'une cuillère, les trois amies comptent jusqu'à trois avant de prendre la première bouchée. Un moment de silence. Presque un recueillement. Les yeux clos, elles dégustent la saveur douce de la mirabelle.

Babette ne peut s'empêcher de soupirer. Francine a envie d'éclater de rire. Elle se dit que son amie doit certainement pousser les mêmes gémissements lorsque son « coup » du samedi soir lui rend visite. En vérité, Benoît l'étalon ne doit pas être aussi efficace que la tarte de Francine car Babette roule des yeux en se mordant les lèvres de plaisir.

— Mon dieu, murmure Fatiha. C'est une sorcellerie !

La salive au bord des lèvres, elle s'empare d'un énorme morceau qu'elle dévore en se brûlant les doigts.

— Ça suffit, le test est réussi, tranche Francine en tirant le plat vers elle.

— Tu vas tout garder pour toi ! Voleuse ! s'exclame Fatiha.

— Ouais, partage un peu ! hurle Babette au bord de la crise de nerf.

Francine a juste le temps de balancer la pâtisserie dans l'évier et de la noyer sous le jet d'eau.

— Mais t'es malade ! Tu n'en as jamais faite d'aussi succulente ! s'exclame Babette qui se rue vers l'évier en espérant sauver des restes.

Francine fait barrage et écarte bras et jambes comme un gardien de hockey sur glace. Fatiha reste en retrait, sonnée, prise de vertiges. Son cerveau va exploser.

Dégainant la douchette de l'évier, Francine la tient des deux mains comme un révolver, et fait face à Babette.

— BB, je te préviens je peux très bien t'arroser pour te calmer !

— Tu n'oserais pas ! Allez, la tarte doit être mangeable, encore un bout !

N'y tenant plus, Babette se jette sur Francine qui lance les hostilités en ouvrant l'eau froide. Un jet d'eau glacé frappe Babette au visage et la force à s'agenouiller pour éviter des salves répétées.

— Regarde-toi ! On a surdosé le produit, tu es encore plus dingue que les clients de Wagner !

Les mains au-dessus de la tête, Babette se débat et boit plusieurs fois la tasse avant de s'avouer vaincue.

— C'est bon, c'est bon, la crise est passée, murmure-t-elle à bout de souffle.

Francine coupe l'eau et se laisse glisser sur le sol. Les fesses dans la flotte, les mains tremblantes, elle frémit en voyant le regard inquiet de Fatiha qui est accrochée à son téléphone. Choquée, elle répond par bribes avant de raccrocher.

— C'était Mathilde, dit-elle d'une petite voix. Elle essayait de te joindre mais comme tu ne répondais pas, elle m'a prise pour toi.

— Qu'est-ce qui se passe ? demande Francine qui se relève en patinant.

— Selon le légiste, la mort de Thomas est louche. Ses blessures évoquent un choc similaire à un accident de voiture. Il a été renversé.

11
LA REINE DE LA TARTE

Francis serre les poings. Il a envie de tout casser. Cette histoire de tarte au fromage blanc lui fait monter la moutarde au nez. Déjà qu'il déteste ce dessert mollasson et insipide. Supporter la mise en scène ridicule de Laura Schultz le met hors de lui.

En s'installant à son bureau, il réprime une envie de déchiqueter le journal posé en évidence par ses collègues. *Moqueurs tous ces Schofseckel*[42] ! pense-t-il. Francis aurait dû la boucler avant d'affirmer que la maire avait l'air d'une mioche prise en faute après avoir chipé une friandise. Lors de leur dernière rencontre, Laura Schultz lui avait donné l'impression d'être une gamine avec une énorme moustache de chocolat s'obstinant à nier y avoir touché. Ses collègues n'étaient pas du même avis. Sans compter que Francis est souvent chambré pour sa froideur envers les témoins capitaux. Quand il s'agit d'interroger un suspect, il n'y va pas avec le dos de la cuillère, il rentre dans le lard

42. littéralement « bite de mouton », individu tellement bête qu'il est tout juste bon à garder les moutons. Cornichon, imbécile!

sans prévenir et analyse les réactions à chaque uppercut. Cette habitude lui vaut le sobriquet de « Bouledogue ». Certains le voient comme un enquêteur agissant sans réfléchir, mais les anciens vantent sa méthode d'une rare efficacité. En mettant tout le monde dans le même panier, Francis trie plus facilement et pousse les témoins capitaux dans leurs retranchements.

Ce matin, la fillette à la moustache de chocolat fait la Une. Vêtue d'une robe à fleurs, elle sourit à l'objectif devant des lampions colorés. Afin de remonter le moral des Turckheimois, Laura Schultz organise une fête du village avec dégustation de pâtisseries alsaciennes. Un jury honorera le meilleur dessert. Dans un coin de la Une, le journaliste a réservé un encart pour vanter la *Käsekueche* de Victor Wagner, grande favorite du concours.

Francis en a la nausée. Tout ce remue-ménage s'apparente à une manœuvre pour redorer l'image du village et détourner l'attention. La fête tombe pile au bon moment. De quoi occulter la mise en scène visant à camoufler la mort suspecte de Thomas.

Les villageois se réjouissent de passer une journée festive, et Francis passe pour un emmerdeur à interroger les élus locaux au sujet de la disparition de Thomas. Depuis huit heures ce matin, le gendarme a fait le tour de la mairie, cherchant à savoir qui avait répondu à l'appel de Thomas le jour de son prétendu accident. Vues les dernières constatations, un imposteur s'est fait passer pour Thomas afin de retarder les recherches.

Une chose est sûre : Francis gêne. Sermonné par son supérieur, il ne perd pas son objectif de vue : pousser la maire à cracher le morceau. La petite dame affable semble cacher quelque chose. Un mensonge est un excellent point de départ dans une enquête. Mais Francis marche sur des œufs. S'en prendre à une sommité est périlleux, d'autant plus quand l'enquête divise ses collègues.

À côté du journal, les gendarmes ont posé les deux rapports d'autopsie concernant la dépouille de Thomas. Les deux s'opposent littéralement, et Francis voit ses espoirs de vérité balayés par le post-it collé par son supérieur sur les conclusions du premier légiste. «Les blessures occasionnées concordent avec les circonstances dans lesquelles le corps a été découvert. La chute d'un chêne d'un tel poids et la position du corps coïncident avec les nombreuses fractures et l'écrasement de la cage thoracique». Francis doit se retenir de déchirer ce rapport remettant en question toutes ses théories. Il était présent, il a vu le tronc, les traces sur l'écorce, la preuve qu'on l'avait tiré pour le déraciner. Hopla ! Balayées ses investigations ! Surtout quand tout converge vers la gentille élue qui n'a pas hésité à inviter la gendarmerie au pot d'honneur du soir, à la fête du village.

— Tu ne perds pas le nord ma petite Laura, dit-il en balançant le torchon dans une corbeille à papier. Mais je trouverai ton point faible.

En attendant, il se concentre sur l'arrêt maladie posé sur son bureau. Un papier totalement bidon, envoyé pour brouiller les pistes. Comment la maire a-t-elle pu accepter un tel document venant d'un simple bénévole ? N'importe qui aurait trouvé cela suspect. Et puis, une femme aussi proche de ses bénévoles lui aurait rendu visite pour une jambe cassée. Pas Laura Schultz. La maire aurait-elle perdu son empathie et sa gentillesse légendaires ?

— Eh, Francis, tu viens manger un *Stück*[43] ?

Il ne prend pas la peine de lever les yeux du document. Appuyée à l'encadrement de porte, Justine, gendarmette de trente-quatre ans, le regarde par-dessus ses énormes lunettes rouges.

— Toujours sur l'affaire Egler ?

— Mouais, si tu viens pour me casser les pieds comme les autres, tu peux faire demi-tour.

— Ce n'est pas mon intention, dit-elle en fermant la porte derrière elle.

Elle s'assied sur le bord du bureau et croise les jambes. C'est un petit bout de femme avec une coupe garçonne rouge pétard et un tempérament de

---

43. Un bout, un morceau

feu. Quand il y a du grabuge à la gendarmerie, il suffit de chercher Justine.

— Les autres ont choisi la facilité : un faux arrêt maladie, une première autopsie favorable à un accident, que demander de plus ? Le gosse a fait le con et est parti en vadrouille, d'ailleurs il passe pour un abruti à avoir falsifié un arrêt maladie alors qu'il était bénévole. Le travail est déjà fait ! résume-t-elle en se penchant pour piquer un chewing-gum dans la poche de chemise de son collègue.

Francis laisse faire. Il détaille les papiers éparpillés sur son bureau. La clé est peut-être là.

— La secrétaire de Schultz m'a envoyé paître ce matin. Impossible d'obtenir une entrevue, madame est trop occupée à organiser sa fichue fête. Dire que nos collègues y seront !

— Et pourquoi t'en prendre à elle ? Sa secrétaire doit se taper tout le boulot. Suffit d'aller l'interroger.

— Déjà fait. Figure-toi qu'elle n'a pas réceptionné l'arrêt maladie. La maire en personne s'est chargée d'annoncer l'accident à tout le monde. Ce qui a surpris la secrétaire justement ! Habituellement elle ne prête pas attention au courrier.

— Un brin suspect pour un vieux de la vieille comme toi, non ?

Francis siffle entre ses dents. La compagnie de Justine l'aide à réfléchir. Il aime quand elle fourre le nez dans ses affaires. Elle a du répondant et pointe du doigt les incohérences.

— J'ai demandé des documents officiels remplis par Thomas. L'écriture ne correspond pas à celle sur l'arrêt maladie. On l'a fait à sa place, la signature est bidon.

— À supposer que son « employeuse » connaisse son écriture, complète Justine. Ils n'ont pas un carnet nocturne à remplir tous les jours ? Laura Schultz a lancé une sorte de tradition il y a quelques années. Le cahier est même présenté dans l'entrée de la mairie, ça plaît aux touristes et aux villageois. Cette élue a le sens du spectacle ! Changer les anciens bénévoles par des gamins, créer de nouvelles traditions…

Francis sourit en passant les doigts dans sa barbe. Il n'avait pas pensé au livre d'or. Il tient sa carte à abattre pour cuisiner la maire.

— Elle aurait dû voir qu'il ne s'agissait pas de son écriture, non ? demande Justine.

— À sa place, j'aurai appelé la CPAM pour une vérification. Je n'aime pas la façon dont la maire a tout approuvé. D'autant que la famille s'inquiétait et l'avait appelée à plusieurs reprises.

Justine saisit le second rapport d'autopsie et le parcourt en mâchant nerveusement son chewing-gum.

— Tu rejoins le second rapport ? Selon toi, Thomas a été percuté par un véhicule…volontairement ?

— Je pars du principe que la seconde autopsie est juste. Il faut creuser du côté de la piste criminelle. Schultz ment ou a fermé volontairement les yeux. Cela fait d'elle notre première suspecte.

— La vache ! Comme tu attaques vite ! Pas étonnant qu'on te surnomme le bouledogue ! Cette femme montre patte blanche depuis des années, elle est appréciée de tous…tu es sûr de vouloir l'attaquer sur une simple intuition ?

— Je ne suis pas un cabot qui attaque sans réfléchir, Schultz ne m'inspire pas confiance. On ne cache pas autant de détails quand on n'a rien à se reprocher. Il faut tout reprendre avant qu'on nous oblige à la classer.

— Et on commence par où ? Ton obsession pour cette femme est bien belle, il te faut tout de même des arguments. On n'a aucune preuve contre elle, ni rien attestant qu'il s'agit d'un crime.

Francis sourit dans sa barbe. Décidément, la présence de la jeunette est efficace pour l'aider à réfléchir. Il aime bien son côté désinvolte. Assise sur le bureau, elle ne se gêne pas, lui pique des bonbecs, et se sert de son stylo pour noter des infos dans un petit carnet. Justine peut se moquer, s'il est un bouledogue, elle a l'étoffe d'un chihuahua.

Le genre de clebs mignon et intrusif qui vous colle aux basques comme une vieille gomme à mâcher. Impossible de s'en défaire, même avec des astuces de mémé ! Quand Justine flaire une piste, mieux vaut éviter d'être dans son collimateur.

— Il y a deux inconnues dans cette enquête, deux bagnoles pouvant révéler la clé du mystère, déclare Francis.

— Si on suit ton raisonnement et que Thomas est la victime d'un chauffard, il faut trouver une voiture accidentée.

— Et pas que ! Selon Francine, la logeuse des veilleurs de nuit, la voiture du jeune a été déplacée la nuit où il a dit avoir eu un accident. On peut dater le moment de sa disparition, et on sait que quelqu'un a fait disparaître sa bagnole.

— On se focalise sur les autos accidentées, réparées entre le 7 et le 9 juillet. On déploie une section de recherches pour ratisser les gravières, les quartiers chauds, toute zone où l'on pourrait abandonner un véhicule. Si ce gosse a été percuté, soit la voiture a été réparée, soit elle est abandonnée quelque part dans la nature.

— Je demande à deux sections de ratisser les zones chaudes autour de Colmar et Strasbourg. Après, je doute que la voiture ait été incendiée. La sécheresse dissuaderait un pyromane de gratter une allumette.

— Cherchez aussi sur Mulhouse : Coteaux, Drouot, Bourtzwiller…tous les quartiers doivent y passer ! Si on la récupère, on aura la preuve que le meurtrier a essayé de cacher des indices.

— On fait un debrief avec toute l'équipe ?

— Et comment ! Agissons vite avant que les grosses légumes du coin ne nous mettent des bâtons dans les roues !

***

Quelques heures plus tard au cœur de la Place Turenne, Francine s'affaire à découper des parts de Käsekueche. Elle a la boule au ventre car elle joue gros ce soir et est prête à tout pour démasquer Victor Wagner. Même à le rendre fou de rage.

Ce matin, aidée par Babette et Fatiha, la mamie enquêtrice a ajouté quelques cuillères d'ingrédient secret à sa recette. Juste un peu. Elle sait combien la préparation euphorisante de Wagner peut entraîner des effets secondaires plus ou moins immédiats selon la quantité ingérée. C'est avec minutie qu'elle et ses amies ont dosé la poudre. Un peu comme des dealeuses remplissant des sachets de coke, elles ont tout préparé avec un masque pour ne pas succomber à l'envie irrésistible de goûter l'appareil au fromage blanc. Tout vendeur de drogue le sait : on ne consomme pas sa dope. Car il est bien question d'addiction. La clique en a fait les frais. Depuis la veille, elles se paient une gueule de bois monumentale et des frénésies sucrées à faire exploser leur diabète.

Le jeu en vaut la chandelle. Francine sait que Victor ne résistera pas à l'envie de goûter sa tarte. Il reconnaîtra les effets de sa précieuse poudre blanche, et là, la vérité éclatera. Il suffira d'appuyer où ça fait mal, de le mettre au pilori devant la foule afin qu'il avoue. Francine tient son mobile : si Arthur a volé l'ingrédient secret pour le filer au concurrent de Wagner, Victor avait toutes les raisons de le haïr, et de s'en débarrasser. D'une pierre deux coups ! Un traître et un gendre dans le pif en moins.

Francine frémit. Elle devrait rester sur ses gardes, appeler la gendarmerie, et leur rappeler que Wagner serait prêt à tout pour garder sa recette secrète. Même à tuer celui qui aurait eu la mauvaise idée de lui voler son ingrédient pour le vendre à un concurrent. Mais on ne la prendra pas au sérieux. Autant provoquer les choses !

Pour le moment, la dégustation n'a pas commencé. Debout derrière son stand, Victor installe un kakemono avec Claude Heinrich, le patron de la raffinerie *ZuckerStück*.

Ces deux-là font la paire, pense Francine. En effet, l'affiche vintage présente le nouveau projet des deux hommes : la production de masse de *Käsekueche* traditionnelles. On y voit même une mamie avec un tablier à carreaux dont le look évoque notre chère boulangère. Lancement de l'opération prévu le soir même. Victor a fait le plein de tartes, et il les expose fièrement, se frottant les mains à l'idée de se remplir les poches.

Francine en a la nausée. L'argent. Il n'existe pas de mobile criminel plus crapuleux.

— Sois plus détendue, t'as l'air d'avoir un rouleau à pâtisserie dans le *Arsch*[44], lui souffle Babette.

Francine doit retenir un éclat de rire.

— Le rouleau je lui mettrai bien où je pense ! grogne-t-elle. On va l'avoir cette espèce de *Soïkeib*[45]. Regarde-le se pavaner avec le sucrier, ça a les mains pleines de sang et le sourire !

— Il craquera après ton triomphe. Il ne supportera pas une nouvelle concurrence, surtout qu'il s'apprête à développer une vente de masse, lui assure Fatiha en découpant des parts. Demain, tout ira mieux, et on célèbrera ça avec un petit-déjeuner gargantuesque dans ton jardin.

---

44. De façon crue et avec sa poésie habituelle, Babette reprend l'expression avoir un balais dans le…. L'autrice vous laisse le plaisir de deviner la traduction du mot « Arsch ».

45. Littéralement « charogne de cochon » utilisé pour dire « crapule, pourriture ! »

L'idée de passer un moment « normal » avec ses amies enchante Francine. Elle a l'impression de ne pas avoir partagé des croissants et un bon café depuis une éternité. Elle suppose qu'il lui faudra une quantité impressionnante de viennoiseries, de crème pâtissière et d'amitié pour avancer, et elle sourit déjà en imaginant la pousse de la pâte à croissant en salle de levage.

— Je vais passer la nuit à vous préparer vos pâtisseries préférées ! se réjouit-elle. Demain, huit heures à la maison ! On fêtera la fin de cette histoire !

— Et la chute du loup qui voulait se faire passer pour un agneau[46], rétorque Babette.

Galvanisées, elles s'activent comme des fourmis et déposent des parts sur des assiettes en carton. Il en faudra beaucoup. Suffisamment pour que Victor ait la possibilité de sentir le goût de la défaite. Le parfum de la *Käsekueche* suffit à attirer les curieux s'agglutinant devant la table. Un coup de sifflet annonce le début du concours.

Les mamies sont très vite dépassées. Difficile de contenir la foule se ruant sur leur stand. Le succès est fulgurant. Il dépasse celui du *Zum Lamala*. Victor peine à écouler son stock. D'autres Turckhei-

---

46. Référence ironique au restaurant « Zum Lamala » (au petit agneau) et à son gérant. Wagner se serait-il déguisé en agneau pour commettre ses méfaits ?

mois proposent des spécialités sucrées. *Lamala*[47], Kougelhopf, beignets, de quoi contenter tout le monde ! Mais les villageois n'ont d'yeux, et surtout de papilles, que pour les pâtisseries de l'ancienne boulangère.

— Je crois qu'on tient notre gagnante ! s'exclame Laura Schultz sur une estrade érigée à quelques pas de la Porte de France.

La haute tour médiévale a été parée de drapeaux et de lampions rouges et blancs. Le cœur du village est sur son trente et un, tout comme la maire. Habillée d'un tailleur rouge et noir et d'un imposant nœud papillon, Laura Schultz bat des mains. Elle a enfilé sa tenue spéciale jours de fête, un ensemble associant féminité et masculinité, une sorte de pied de nez aux élus des autres communes. Comme quoi, une femme peut endosser un rôle de leader et se moquer de ceux qui la houspillaient lors des campagnes municipales. Ce soir, sa bonne humeur est contagieuse. Après les tragédies ayant frappé leur village, les Turckheimois apprécient les efforts de la maire pour insuffler l'espoir.

— Francine ! Francine ! scande joyeusement Laura en galvanisant la foule réunie près du stand fétiche.

47. Pâte à génoise cuite dans un moule en forme d'agneau, traditionnellement consommée à Pâques.

La boulangère ne sait plus où donner de la tête. Un monde fou se presse pour goûter sa pâtisserie, et Victor est en première ligne devant son stand.

Le cœur de Francine bat comme un tambour, le genre d'instrument sur lequel on frappe avant d'annoncer la charge. La première bataille est gagnée. Son adversaire est devant elle, tout sourire, il s'humidifie les lèvres en tendant la main vers une assiette.

— Je peux ? demande-t-il.

— Avec joie, répond Francine en lui donnant une part.

Au moment de glisser la cuillère entre ses lèvres, le restaurateur se glace. Francine est accrochée à ses réactions comme si sa vie en dépendait.

— Reprends ton souffle Ninine, je ne vais pas voler ta recette, taquine-t-il avant d'avaler la première bouchée.

Francine reste bouche bée, ne sachant plus si elle doit considérer cette pique comme un sous-entendu ou une simple boutade.

Elle se dit qu'elle devrait lire de la surprise ou de la colère sur le visage de Victor. Il n'en est rien. Bousculé par une dizaine de gourmands, il dévore sa part avec une expression d'apaisement total. Son calme contraste avec le comportement des gloutons roulant des yeux fous.

Et si elle s'était trompée ? Si elle avait imaginé tout ça pour tronquer la réalité ? Victor pourrait avoir découvert un additif magique, mais cela fait-il de lui un meurtrier ?

— J'ignore quel ingrédient tu as ajouté, mais je n'ai jamais mangé de tarte aussi divine, dit-il en se penchant vers elle pour être entendu.

Francine peut sentir son souffle chaud dans son cou.

— J'aurais dû t'épouser, tu ferais des malheurs dans ma cuisine, dit-il avant de lui poser un baiser sur la joue.

Francine ne parvient plus à murmurer un mot. Pas même un merci. La maire l'attrape par le coude et l'éloigne de ses amies pour la conduire sur l'estrade. Là, sous le feu des projecteurs et des applaudissements, Francine sourit bêtement en remerciant Laura Schultz de lui offrir un panier garni de spécialités régionales. Une couronne ridicule sur la tête, elle pose devant les journalistes. Radieux, Victor l'applaudit, les lèvres encore grasses de fromage blanc.

Que penser à présent ? Victor peut-il ignorer qu'elle a volé son ingrédient mystère ? Aurait-il vraiment orchestré un faux suicide pour punir Arthur ?

Francine est perdue. Elle n'arrive plus à garder les idées claires. Le sourire de Victor est le symbole de sa défaite. Il apparaîtra dans les journaux. Le sourire d'un homme peu rancunier, n'éprouvant aucune jalousie envers une femme dont les compétences pourraient faire de l'ombre à son commerce.

Elle en aurait presque envie de pleurer. Et puis, la délivrance. Un visage connu dans la foule. Des traits fermés, froids, et un regard dur n'admettant aucune résistance. Francis Schmitt fonce vers l'estrade accompagné d'une dizaine de gendarmes, et son attitude n'est en rien festive.

Les villageois s'écartent. Une vague de murmures retentit. Certains parlent de malédiction. Des gamins pleurent comme si l'arrivée des hommes en bleu apportait un tsunami de mauvaises nouvelles.

La maire, surprise, tend la main vers le gendarme pour le saluer, mais ce dernier garde la sienne sur une paire de menottes, une façon claire d'annoncer la fin des festivités.

— Laura Schultz, veuillez me suivre, déclare-t-il d'une voix ferme et solennelle.

La maire blêmit et garde le sourire face à la populace. Elle paraît minuscule sur l'estrade, ses mains triturant nerveusement l'assiette en carton dans laquelle se trouvait une part de tarte quelques minutes auparavant. La bouche maculée de sucre glace, elle rejoint le gendarme en saluant la foule d'un geste de la main.

Francine peine à comprendre la tournure des évènements. Après tous ses appels aux forces de l'ordre, elle imaginait Wagner derrière les barreaux. Choquée, elle voit la maire partir avec un escadron de gendarmes.

Les villageois restent sous le choc, Fatiha et Babette sont bousculées. Certains houspillent les gendarmes, d'autres jettent des pâtisseries dans leur direction. C'est la débandade. Qui ose s'en prendre à leur bien-aimée représentante ? Celle qui veille à leur bien-être et se plie en quatre pour chasser la morosité ? Les gendarmes sont pris à parti.

Francine voit ses amies repoussées aux quatre coins de la place. Avec son panier garni dans les mains, elle reste statufiée.

— Lâchez votre stupide panier, et suivez-moi, vous n'êtes plus en sécurité, glisse Magalie à son oreille.

La serveuse la prend par la main et l'entraîne avec elle.

Francine cavale, le cœur battant dans la gorge.

Et si Magalie avait vu et compris le stratagème visant à démasquer son père ?

12
L'ENLÈVEMENT DE LA REINE

Francine traverse le pont menant au sombre quai de la gare. Vite, il faut fuir, avant qu'elles ne soient rattrapées. Le message de Magalie est clair, elles sont en danger. Courir, ne pas regarder derrière elle. Longer les quais isolés pour rejoindre la *Fecht*[48] et s'éloigner de l'agitation.

La serveuse marche vite, un peu trop au goût de Francine qui doit redoubler d'efforts pour la suivre et ne pas trébucher.

Derrière elles, elles laissent l'agitation de la foule. Bientôt, elles n'entendent plus que le murmure de l'eau léchant les rives endormies. Il fait sombre, assez pour se dissimuler contre une façade non éclairée.

— Je crois qu'on est assez loin maintenant, dit Magalie tout essoufflée.

Face à la *Fecht*, avachie, les mains appuyées sur les cuisses, Francine reprend son souffle. Elle n'a pas couru aussi vite depuis…depuis quand déjà ?

48. rivière qui coule principalement à Munster et Turckheim, descendant de Metzeral

Ses jambes ne se souvenaient plus de la douleur de cavaler jusqu'à sentir les pulsations cardiaques dans chaque veine.

— Francine, tu dois tout arrêter. Tu ne sais pas à qui tu te frottes.

— Enfin, on y est ? Ton père est dans le coup ? Thomas, Arthur, ce sont des victimes collatérales de son goût pour l'argent ?

Magalie ferme les yeux à l'évocation de Thomas. Francine croirait voir une larme au coin de son œil. Pourquoi ? Aurait-elle eu un lien avec l'autre veilleur ?

— Tout est bien plus complexe ! Tout n'est pas noir ou blanc. Laissez tomber mon père, il mérite mieux !

— Un père qui t'empêchait d'aimer Arthur ? Un père contre lequel tu t'es révoltée en fricotant avec le fils de Muntz, le concurrent direct du *Zum Lamala* !

Francine fulmine, ses lèvres tremblent si fort qu'elle manque de se les mordre. Tout ce qu'elle a enfoui remonte à la surface et se déverse sur la serveuse.

— Magalie, tu ne pourras pas le couvrir éternellement. Un jour la vérité éclatera.

— Tout n'est pas aussi facile. Mon père n'est pas un monstre, il a voulu me protéger et il a fait les mauvais choix. Je suis sortie avec Hugo en obéissant à mon père. Il voulait savoir s'ils avaient connaissance de notre ingrédient mystère…

— Seul Arthur le savait, et il est mort pour ça.

— Bon sang ! Francine ! N'en parlez pas en public ! Vous n'imaginez pas les conséquences de votre obsession. Ils ont déjà passé les deux morts sous silence, la vôtre passerait inaperçue. Une personne de votre âge peut facilement disparaître dans la nature.

— *Ils* ? Ton père n'a pas agi seul ?

Le cœur de Francine bat à ses oreilles. Elle n'entend plus le doux ruissellement de la Fecht, ni le bruissement des branches caressées par une brise d'été. La conscience du danger la plonge dans l'immobilité. Elle ne peut plus bouger, tétanisée par l'ampleur d'un complot qui la dépasse entièrement.

Magalie s'est rapprochée. Ses lèvres effleurent la joue de Francine.

— Laissez tomber, vous n'avez pas idée de l'homme à qui vous vous frottez.

— Je n'abandonnerai pas Thomas et Arthur.

— Si vous continuez dans cette voie, ils vous tomberont dessus. Vous n'êtes pas assez discrète. Vous attirez trop l'attention avec vos tartes et votre enquête. Je ne veux pas qu'il vous arrive quelque chose de mal…

La voix de Magalie s'est brisée. La serveuse lui tombe littéralement dans les bras, pleurant comme une enfant.

— J'ai assez de morts à porter sur ma conscience, sanglote-t-elle. N'ajoutez pas la vôtre. Abandonnez vos tartes, ne tentez pas le dia…

Magalie s'effondre entièrement sur Francine qui tombe à la renverse. La tête de la boulangère cogne le sol. Le monde se met à chavirer. Francine sait qu'elle ne pourra pas se relever. Elle n'en a plus la force, et surtout, la silhouette d'un homme se répand sur elle et Magalie. Un homme nappé d'obscurité. L'ombre se baisse et pose un linge sur la bouche et les yeux de Francine. Elle ne parvient plus à respirer normalement. Tout se passe très vite, comme dans un film accéléré. Elle n'a pas le temps de comprendre ce qu'il lui arrive. Elle s'est déjà endormie.

Francine n'a plus conscience du temps.

Elle sait qu'on l'a déplacée. Elle a senti qu'elle était brinqueballée dans une camionnette à côté de Magalie qui gémissait à chaque secousse.

Quand elle ouvre les yeux, c'est pour constater qu'elle est ligotée à une chaise, un voile sur les yeux. Elle est plongée dans le noir et sait qu'elle a été droguée. Elle ne cherche pas à se lever. Elle est encore trop fragile pour tenter quoi que ce soit. Seules ses pensées vagabondent.

S'il m'a droguée, il a sûrement utilisé le même stratagème pour pendre ce pauvre Arthur, pense-t-elle. *Victor est peut-être fort comme un bœuf, il aurait fallu un complice pour l'aider à porter le corps et à créer sa mise en scène macabre.*

Et voilà, même en tant qu'otage, Francine se prend pour Sherlock. Impossible de nier sa nouvelle nature, c'est plus fort qu'elle. Avouons qu'elle a toujours adoré les énigmes et mots fléchés, pour elle, pas question de passer à une nouvelle grille sans avoir tout rempli. Elle en ferait des insomnies, et une infusion « nuit pépère » n'y changerait rien…à part lui donner envie de pisser toutes les heures !

Une porte s'ouvre. Son grincement hérisse la mamie. Un bon coup de graisse ne ferait pas de mal au chambranle. Enfin, elle n'est pas là pour du bricolage. Mais penser à des détails inutiles lui permet d'occulter la présence d'un homme s'approchant à pas feutrés.

— Je ne vois peut-être rien, mais je vous entends, déclare-t-elle.

— Perspicace, ma chère Ninine.

Le sang de Francine ne fait qu'un tour. Réunissant ses forces, elle s'agite pour défaire ses liens.

— Ne te débats pas ma jolie pâtissière, je ne voudrais pas que tu te blesses, murmure Victor.

La voix du ravisseur est douce, rassurante, parfaite pour créer un sympathique syndrome de

Stockholm. D'un geste tendre, il lui retire son bandeau.

Elle papillonne des yeux et découvre une pièce à la blancheur aveuglante. Il s'agit d'un laboratoire culinaire, le genre d'endroit où des employés en blouse blanche et masqués cuisinent avec des éprouvettes et en quantités astronomiques. Tout autour d'elle se s'alignent des plans de travail en inox, d'immenses cuves et des robots mélangeurs prêts à battre un camion d'œufs en neige. Pas de doute, Francine est détenue dans la raffinerie de Claude Heinrich.

— Tu comptes faire quoi ? Heinrich ne propose pas de guimauve de mamie dans son catalogue, ça va être coton de me faire disparaître ! grince-t-elle.

Victor met un genou à terre pour être à sa hauteur avant de poser une main chaleureuse sur la sienne. Elle n'ose pas s'en défaire, ni même montrer le dégoût lui nouant la gorge. Il est clair que Victor tente d'obtenir quelque chose. Des faveurs ? Elle en rirait sans l'angoisse hurlant dans son gosier. Non, Francine n'est plus de première fraîcheur, et le regard de Victor a perdu la flamme avec laquelle il la regardait il y a encore une dizaine d'années. Il convoite autre chose, un bien précieux.

— Ne me regarde pas comme ça, je ne te veux aucun mal.

— Tu m'as enlevée et enfermée ici, comment pourrais-je te croire ?

Victor se contente de lui sourire. Un sourire doux et sincère. Totalement en désaccord avec la situation.

— Rectification : Claude t'a enlevée. Il n'y a qu'en moi que tu peux avoir confiance, tu connais mes sentiments pour toi.

— Je sais tout. Les deux veilleurs, l'ingrédient secret…tu les as tués pour les faire taire !

— Moi ? Non, je n'ai tué personne. Mais toi, si tu continues dans cette voie, tu ne feras pas long-feu. Claude n'est pas commode et ne supporte pas qu'on lui mette des bâtons dans les roues. Tu ferais mieux de lui obéir.

C'est un cauchemar. Claude Heinrich, la voilà son armoire à glace. L'homme de mains de Victor, celui qui n'a pas peur du sang et de la mort. Un homme capable de porter Arthur et de l'accrocher à un arbre comme un pendu.

Contre toute attente, Victor retire ses liens, la libérant entièrement. Il lui caresse tendrement la joue, une façon de l'apaiser et d'enflammer la rage bouillonnant dans ses veines.

— Voilà le topo Ninine. Nous possédons le nécessaire pour produire des centaines de tartes au fromage blanc. Figure-toi que Claude Heinrich et moi-même avons pour projet de commercialiser nos pâtisseries à grande échelle. Soyons honnêtes, le succès sera complet avec ta participation. J'ai observé les gens lors de la dégustation de ce soir, j'ai compris que tu avais mis la main sur mon petit secret, mais je ne t'en veux pas, au contraire. Je n'aurais jamais pensé à associer notre précieuse poudre avec la recette la plus authentique et emblématique de la région !

Assommée par le laïus du restaurateur, Francine garde le visage entre ses mains. Elle a l'impression d'être dans un mauvais rêve, le genre de songe dont on émerge en nage, les yeux exorbités, le cœur dans la gorge.

— Ne fais pas une tête pareille, tu vas t'amuser ici, je sais combien tu aimes pâtisser…

La gifle est partie toute seule. Francine n'a jamais levé la main sur personne. C'est chose faite. Et même si l'envie lui avait maintes fois brûlé les doigts, elle ne ressent aucune satisfaction dans son geste. Juste un profond désespoir car rien ne pourra changer sa situation.

Une main sur la joue, Victor encaisse sans moufter. Que pourrait-il dire ? Il comprend la haine de Francine à son égard. Ce n'était pas vraiment son plan. Mais son association avec Claude Heinrich a ruiné ses espoirs de réconciliation. Blessé, il se mord un instant les lèvres, ravalant ses regrets.

— Les choses auraient dû se passer autrement, finit-il par avouer. Certaines collaborations comportent des sacrifices. Si tu y mets du tien, nous pourrions former une belle équipe et oublier le fâcheux incident de ce soir.

— Heinrich a flairé la bonne affaire, murmure Francine. J'aurais dû me douter que cet industriel de mes deux était dans le coup. Vous projetez de me retenir indéfiniment ?

— Nous pensions plutôt te proposer un contrat à long terme et une paie juteuse en échange de ton savoir-faire…

— Et de mon silence.

Victor a blêmi.

— Je ne connais pas tous les détails, mais je peux t'assurer que j'ai assez de matière pour comprendre que tu as tué, ou fait tuer Arthur pour te venger car il avait vendu ton ingrédient à la Taverne Alsacienne.

Victor s'agenouille devant Francine et lui prend les mains. Elle ne tremble pas, contrairement au restaurateur sur le point de défaillir.

— Ne mentionne plus cette histoire, tu te mets en danger. Ninine, je t'en prie, ne dis rien. Prépare tes tartes, et laisse-moi annoncer officiellement notre collaboration. Tout pourrait être si facile !

— Facile ? Mais tu es un grand malade Victor ! Regarde-toi, tu es apeuré. En vérité, le seul otage, c'est toi.

Les mains de Victor tremblent sur les siennes. Il lutte pour ne pas craquer. Pas devant Francine, cette femme devant laquelle il s'est toujours montré solide comme un *Romertopf*®[49].

— Tu veux vivre ainsi ? Dans la crainte ? lui demande-t-elle.

— C'est le prix à payer pour protéger Magalie. Il a tout fait pour me couvrir, je lui dois tout…

Francine n'arrive pas y croire. Magalie. Et si tout avait commencé par elle ? Si elle s'était trompée dès le départ ?

— Victor, comment peux-tu penser protéger ta fille alors qu'elle a été assommée il y a quelques heures par ton associé ? C'est bien Heinrich qui m'a traînée jusqu'ici ?

Dépité, Victor opine du chef.

— Magalie est venue me mettre en garde. Tu peux encore t'en sortir, va voir les flics. Les familles de Thomas et d'Arthur ont le droit de savoir, ils doivent faire leur deuil.

— Trop de gens vont plonger, je ne peux pas parler…

— Mais c'est quoi ce complot ? Vous êtes devenus de véritables *Stiermalker*[50] juste pour faire du fric ? Pour des tartes !

— Non, ça n'a pas commencé par les tartes ma Ninine, les tartes m'ont permis d'acheter le soutien et le silence de Claude et…

49. Cocotte en terre cuite.

50. littéralement « trayeur de taureau » utilisé pour dire débile, crétin

— Et de Schultz, complète Francine, fébrile à l'idée d'effleurer la vérité.

— Je n'avais pas le choix, murmure Victor. Tout est arrivé si vite ! Magalie, la voiture, l'accident… Elle n'avait pas vu Thomas. Elle était trop énervée contre moi parce que je lui avais interdit de fréquenter Arthur. Elle est partie comme une furie, une marche-arrière et la mort était là, dans notre jardin…

Les aveux sont douloureux, Francine ressent toute la peine de Victor. La détresse d'un père forcé de cacher le corps d'un gamin de l'âge de sa fille afin de lui éviter de passer des années derrière les barreaux.

— Il n'aurait pas dû être là, tapi dans l'ombre, sur notre propriété…, confesse-t-il. Quand j'ai vu qu'il s'agissait de Thomas, j'ai su qu'on devrait agir vite pour dissimuler l'accident et…

Il ne finit pas sa phrase. Francine comprend qu'il va trop s'épancher, qu'il se retient de fournir des informations compromettantes. Car, pour le moment, Victor a le profil d'une victime du mauvais sort. Sauf qu'il ignore les cartes en possession de notre apprentie Arabesque.

— Vous auriez pu appeler la police et les secours, au lieu de ça vous avez préféré faire croire que Thomas était encore vivant. J'imagine qu'Heinrich possédait son téléphone portable et qu'il était chargé de répondre à sa place, c'est bien ça, non ?

Victor hoche lentement la tête, assommé d'affronter la lucidité de Francine.

— Oui, à quelques détails près…j'avais laissé le portable de Thomas sur place afin d'avoir un bon bornage. Il me suffisait de revenir de temps en temps dans les bois et d'envoyer des SMS « à sa place ». Si tu savais comme j'avais honte d'agir ainsi !

— Arrête avec tes états d'âme. Vous avez maquillé votre crime pour une bonne raison : le fric !

— Tu ne sais pas de quoi tu parles, tu n'as pas d'enfant, tu ignores tout ce dont un parent est capable…

— Jusqu'à dissimuler un meurtre ?

— Tu te trompes, ce n'est pas un crime ! Magalie l'a renversé, c'était trop tard, on n'a rien pu faire pour le sauver. C'était ma fille ou lui, tu comprends ?

Non, décidément, Francine ne comprend pas. Cette faculté à se victimiser fait bouillir son sang comme une choucroute sous pression. La moutarde lui monte au nez. Elle ne peut plus se taire, elle refuse d'approuver l'inacceptable, de conforter Victor dans l'idée qu'il aurait agi au mieux pour son enfant. Et puis quoi encore ? Quelle est cette propension à juger ceux qui n'ont pas d'enfant comme s'ils ne pouvaient pas éprouver d'instinct maternel ou paternel ? Protéger Magalie est un fait. L'obliger à vivre dans le mensonge, la charger d'un tel fardeau, et priver une famille de la vérité auraient pu convaincre Victor de prendre ses responsabilités. Sauf qu'il ne s'agit pas uniquement d'amour et de famille. Francine n'a pas été enlevée pour être réduite au silence. Elle est ici pour devenir leur *Geld'sHuhn*[51], l'évidence lui saute aux yeux.

— Magalie dira la vérité aux autorités, lui confie-t-elle. Elle ne supporte plus vos manigances. Vous êtes aussi cuits que les confiseries d'Heinrich.

— Tu te trompes, ma fille est loyale. Elle connaît la valeur d'un sacrifice.

— Un sacrifice ? Vous avez laissé Thomas mourir dans votre allée ! Il n'était pas chez vous par hasard, il cherchait Olympia. Tu sais qui était Olympia ? C'est sa chatte ! Sa chatte certainement abandonnée par Magalie au milieu des bois ! Elle nous a laissé une piste, elle va passer aux aveux, ça crève les yeux.

Victor a lâché les mains de Francine. Sa lèvre inférieure tressaute. Chancelant, il se lève et s'appuie au bord d'un plan de travail pour ne pas s'effondrer. Francine peine à y croire. Le voile se lève enfin.

— Tu croyais quoi ? Que personne ne mènerait d'enquête ? Que personne ne saurait que Thomas avait compris que vous testiez votre ingrédient

51. Poule aux œufs d'or

mystère sur les chats du quartier ? Il est venu chez vous pour vous compromettre. Sa mort vous a arrangés. Cesse donc de te mentir, et ouvre les yeux. Tu as agi dans ton intérêt, pour ta famille, mais surtout pour t'en mettre plein les poches !

Galvanisée, Francine se lève d'un bond, attrape la chaise et la jette sur Victor. Elle n'a qu'une poignée de secondes pour prendre ses jambes à son coup et se ruer sur la porte qui s'ouvre au même moment.

Elle ne peut plus avancer. Massif, large comme une armoire, Claude Heinrich se tient devant elle, les bras croisés sur un torse à faire pâlir King-Kong.

— Souriez, vous êtes filmée, dit-il en désignant une caméra dans un coin de la pièce.

D'un geste brusque, il saisit Francine par le bras et l'envoie s'asseoir sur une chaise. Elle ne montre aucune résistance. Elle n'est pas de taille. Obéissant, Victor se charge aussitôt de la ligoter. Cette fois, il n'y va pas de main morte et la saucissonne aussi bien qu'un petit Jésus. Serrée comme elle est, Francine se voit découpée en rondelles pour l'apéro.

— Bien, à présent vous allez nous donner votre précieuse recette, et nous pourrons envisager de passer de bons moments en votre compagnie, annonce Claude d'un ton doucereux.

— Et si je refuse ?

— Je ne suis pas un tendre comme ce cher Victor. Tenez-vous à carreau si vous ne voulez pas finir comme cet imbécile d'Arthur ! Mes ennemis le savent bien, les accidents arrivent vite…

Le sang de Francine se glace. L'expression n'est pas à la hauteur son effroi. Elle avait raison. Arthur a été assassiné pour que le projet d'Heinrich perdure.

Le même sort attend notre retraitée adepte du Cluedo Alsacien.

Mais Francine tient trop à la vie pour jouer aux résistantes. Leur fichue recette, ils l'auront. Ses amies feront la différence et sauront où la trouver. C'est son seul espoir.

Très vite, elle se met à table, livrant les moindres détails de sa fameuse *Käsekueche*. Plus elle s'exprime, plus elle mesure l'engrenage qui la ligote. Aucune issue possible à part le mensonge, l'hypocrisie. Jouer aux associés pour sauver sa peau. Comme l'a fait Victor auparavant.

La recette remise, Claude couvre la bouche de Francine d'un bâillon. Parce que la mémé pourrait se mettre à brailler et alerter le personnel. Ou simplement parce que Claude est une ordure de premier ordre. Francine valide la seconde option.

Les machines se mettent en branle. Chargés de quantités gargantuesques d'œufs et de fromage blanc, Victor et Claude se lancent dans la fabrication de leur prochain produit phare. C'est parti pour une nuit blanche. Des heures de travail pour reproduire l'authentique pâtisserie de Francine.

Parée tel un *rôti*[52] du dimanche, la boulangère - qui regrette amèrement son choix de carrière - mordille nerveusement son bâillon. Sous son regard médusé, tout un monde s'active pour créer la tarte au fromage blanc du siècle.

52. Prononcez « lrodi » pour entendre l'adorable accent alsacien de Francine, ou de ma chère mamie qui écrivait « RODI » sur ses barquettes surgelées.

13
CACHE-CACHE-MÉMÉS

Le lendemain matin…

Pas de nouvelles de Francine. Babette fait les cent pas. Elle ne peut pas se résoudre à poser les fesses sur une chaise. Elle doit bouger pour réfléchir, remuer sa masse cérébrale et tirer les choses au clair.

— BB, tu me files le tournis ! soupire Fatiha installée sur le canapé.

— J'y peux rien, tu me connais, si je reste assise, je vais prendre racine, et mes idées aussi.

Sa voix tremble. Fatiha n'a jamais vu Babette dans un tel état de nerf. Il est onze heures, à huit heures, Francine n'était pas présente pour leur petit-déjeuner entre amies. La maison ? vide. Pas un chat. Enfin, si, Mistinguette attendait sa gamelle et s'était acharné sur les restes du jeté de canapé jaune poussin. La clé de secours se trouvait bien sous un galet tout près de l'entrée. La peur au ventre, elles ont pénétré dans le domicile de leur amie.

Debout dans le salon, Babette tente à nouveau d'appeler Francine sur son portable. La messagerie lui répond aussitôt. Cela doit être son centième appel. De quoi bloquer définitivement le répondeur saturé.

— Si dans une heure elle n'est pas revenue, j'appelle les flics ! s'exclame-t-elle.

— Pour dire quoi ? Qu'une femme majeure et vaccinée n'a pas été vue les dernières heures ? Francine n'est ni sénile, ni incontinente, tout le monde sait qu'elle pète le feu. Qui irait s'inquiéter d'une disparition de quelques heures ? Elle pourrait bien être partie prendre du bon temps ailleurs pour quitter ce bled où tout part en cacahuète ! Ils vont se moquer de nous ! On doit la sauver par nos propres moyens. On ira voir la gendarmerie plus tard ! Il ne faut pas perdre une minute ! Les flics vont mettre en place un avis de recherches, mais ils ne nous croiront pas si on leur parle de cette histoire de tarte…

— Victor serait capable de l'enlever ? Il a certainement compris pour l'ingrédient mystère. Il aura voulu l'empêcher de parler ! réplique Babette.

— Si c'est le cas, il ne doit pas la cacher au restaurant. Surtout qu'on est comme cul et chemise avec Francine. Il sait qu'on ira chercher de ce côté, déjà que tu as fouiné dans sa réserve…

Babette se décide à s'asseoir à côté de Fatiha. Mistinguette en profite pour se blottir sur ses cuisses bien plus confortables que les coussins de sa maîtresse.

— Où chercher ? murmure Babette en grattant la diva entre les oreilles.

La chatte ronronne de plaisir. La pauvre minette est quelque peu délaissée. Pour une chatte d'intérieur, la situation est déconcertante.

— Victor n'est pas seul dans cette affaire, réfléchit Fatiha à voix haute. Un complice fabrique son précieux ingrédient, et je suis prête à jurer qu'ils agissent ensemble pour brasser un maximum d'argent. Tu as vu le nombre de touristes en ville depuis que le *Zum Lamala* propose sa pâtisserie phare ? Victor s'en met plein les poches, il doit s'être approché d'une personne ayant assez de fonds pour produire l'ingrédient en grandes quantités.

— Mouais, quand on voit l'efficacité de sa poudre, quelques grammes suffisent, c'est pas comme le sucr…

Fatiha a bondi sur le canapé. D'un pas leste, elle traverse la pièce et disparait, sous l'œil étonné de Babette qui n'a pas bougé d'un poil pour ne pas déranger Mistinguette.

— Qu'est-ce qui t'arrive ? T'as troué ton slip ? braille Babette. Je t'avais pourtant dit de ne pas forcer sur les sucreries hier !

— Le sucre justement ! crie Fatiha depuis la cuisine. La clé du mystère était sous notre nez !

Babette l'entend revenir en clopinant. Un bruit métallique accompagne ses pas. Souriante, Fatiha apparaît dans le salon, une boîte en fer à la main.

— On l'a déjà trouvé l'ingrédient mystère, souffle Babette en levant les yeux au plafond. Ma petite Fatiha, tu as besoin de repos, tu deviens maboule.

— Tu n'as pas les idées claires ma vieille ! Le plus important c'est le contenant…

— Waouh ! Une boîte de la raffinerie de *Bursheim*[53] ! ironise Babette. Au cas où, tu nous fais le remake de l'autre jour, on a déjà découvert l'ingrédient mystère.

— Et si Arthur avait choisi la boîte pour nous indiquer le créateur du produit ?

— Jesus Gott…

— Comme tu dis ! Yalla ! On y va !

— À l'usine, comme ça ?

Fatiha dégaine son téléphone.

— *ZuckerStück*[54] propose des visites tous les après-midis et…

Elle scrute son portable avec attention. Babette en a le tournis. Pianoter sur un clavier n'est pas son fort. Internet lui file la migraine et la nausée. Son

53. Invention de l'autrice

54. Invention de l'autrice, assemblage de Zucker et Stück « le morceau de sucre »

amie a l'air d'un poisson dans l'eau. L'atout moderne de l'équipe c'est elle. Fatiha la belle marocaine. Avec son éternel tailleur deux pièces, elle a l'air prête à présider une convention d'ingénieurs. Ce qu'elle était il y a quelques années.

— Créneau réservé, c'est parti ! .

Fatiha garde les yeux rivés sur son téléphone. Elle fait défiler des photos et grimace comme si on lui enfonçait des aiguilles dans la nuque.

— Quoi encore ? lui demande Babette. T'en fais une tête !

— Francine est bien chez eux. Heinrich vient de lancer un nouveau produit. Une *Käsekueche* évidemment. En attendant de savoir comment passer dans les coulisses, il faudra jouer aux mamies curieuses et gourmandes. *Hopla Geiss* !

Babette quitte le sofa en s'assurant de ne pas réveiller Mistinguette. L'affaire est dans le sac. Les mamies sortent de la maison et montent dans la Clio. Il faut bien quarante minutes de route pour rejoindre leur destination. Elles arriveront pile à l'heure pour voir les coulisses de la raffinerie. Tout habitant du coin y est déjà allé une fois dans sa vie. Chez *ZuckerStück* l'or blanc a la part belle. Au fil des années, l'usine a développé une véritable institution gourmande afin de gonfler son portefeuille et satisfaire une clientèle avide de nouveautés. Bonbons artisanaux à la Vosgienne, caramels mous et sucettes les attendent. Fatiha sent son ventre se tordre à l'idée de goûter toutes les friandises proposées aux visiteurs. Pour Francine, elle est prête à tout. Même à s'enfiler une boîte de guimauves collantes et bourrées de colorants. S'il faut passer pour une mamie en manque de glucides pour glisser dans les failles, elle le fera.

Pour l'heure, les deux amies filent à toute allure. Le pied enfoncé sur l'accélérateur, Babette ignore les flashs l'aveuglant sur la route du vignoble. Même la docile Fatiha ne trouve rien à redire à sa conduite. Au diable les prunes ! On fait de meilleures tartes quand elles sont bien mûres !

Littéralement à plat, la Clio halète avant de s'arrêter sur le parking de la fabrique. Babette la gratifie d'une petite caresse sur le volant. La titine a tenu la cadence effrénée sans rendre l'âme. Difficile pour une bagnole abonnée aux contre-visites depuis une dizaine d'années.

Le parking est loin d'être bondé, mais un car débordant de nos « chères têtes grises » s'est stationné devant l'entrée. Une vingtaine d'octogénaires attend devant le bus en se passant des gourdes de sirop de menthe et de grenadine. On les confondrait avec un centre aéré en les voyant se courir après, rire et chahuter comme des gamins. Surtout les deux grands-mères que l'on pourrait prendre pour des jumelles si l'une ne dépassait l'autre d'une tête. D'ailleurs, Fatiha a l'impression de les avoir déjà vues. Ce n'est pas étonnant car la maison de retraite des Cigognes a fait la Une Noël dernier quand un ancien champion de natation avait organisé un spectacle nautique dans la piscine de l'établissement.

— Tiens, regarde, il y a un car de la maison de retraite des Cigognes, dit Fatiha. On s'incruste dans leur groupe ?

— Jawohl ! s'exclame Babette en riant.

Fatiha lui tire la langue. Pour une fois, elle est aux commandes. La figure calme et maternelle du groupe s'est changée en tigresse. On pourrait entendre ses griffes crisser sur le béton armé quand elles passent la porte. Enfin, à défaut de griffes, elle porte de superbes chaussures à talon qui claquent. Une coquetterie dont elle a du mal à se passer même à plus de soixante-quinze ans.

Le hall d'accueil est comme dans leur souvenir. Spacieuse, la pièce présente des vitrines chargées de sucettes, bonbons colorés et autres friandises enchantant bambins et dentistes. Derrière un comptoir en verre, une hôtesse vérifie les réservations réalisées sur internet. Une autre femme, grande, rousse, sourire commercial, offre des caramels mous destinés à flinguer le dentier des visiteurs. C'est elle qui les guidera.

— Bonjour et bienvenue ! Ici, vous verrez le processus de fabrication du sucre, notre matière première issue de la betterave, ainsi que tous nos produits dérivés. Bonbons, caramels, chewing-gum, la sucrerie *ZuckerStück* a tout mis en œuvre pour se diversifier et s'imposer comme un modèle de réussite alsacienne !

Le groupe de la maison de retraite applaudit avec enthousiasme. Quelques années plus tôt, Babette et Fatiha avaient partagé la même fierté chauvine. *ZuckerStück* n'est pas n'importe quelle usine. Chaque foyer possède une boîte métallique à l'effigie de la joyeuse Alsacienne tenant un paquet de sucre contre sa poitrine. Il s'agit d'un incontournable, et les deux mamies grincent des dents à la pensée que Claude Heinrich fortifie son entreprise en volant les recettes de Francine.

— Beaucoup d'entre vous connaissent nos produits, voilà pourquoi nous avons décidé de commencer par vous dévoiler notre prochaine création née d'une collaboration avec le village de Turckheim.

Elle pousse une porte et accompagne le groupe dans une grande salle où une turbine mélange un amalgame diffusant un bon arôme de yaourt et d'agrumes. Babette et Fatiha restent bouche bée. Le parfum doux et citronné de la tarte au fromage blanc de Francine les arrête net. Elles le reconnaîtraient parmi des milliers.

— Nous travaillons actuellement avec le réputé *Zum Lamala* reconnu pour sa tarte au fromage blanc, explique la guide en sortant une *Käsekueche* d'un frigo. Si vous souhaitez y goûter…

Le petit groupe ne se fait pas prier. Très vite, la tarte disparaît à grands coups de cuillère et de soupirs d'aise. Seules Fatiha et Babette font la diète. Ce n'est pas l'envie qui manque, mais elles ont besoin de garder les idées claires pour la suite. Avec ce qu'elles ont ingurgité ces derniers jours, elles savent qu'une bouchée les chamboulerait.

Se fondant dans la masse, elles suivent le groupe. Très vite, elles comprennent que pour pouvoir se déplacer elles devront voler une carte magnétique. Toutes les entrées et sorties sont automatisées. La guide présente sa carte à chaque fois.

Passant de la salle où l'on confectionne le sucre en poudre à celle du sucre cristallisé, s'arrêtant devant des tapis roulants où glissent des guimauves et autres friandises tendres et régressives, elles attendent le bon moment pour se faufiler et disparaître dans les locaux. Il leur suffira de subtiliser un pass' et elles pourront se déplacer à leur guise quand les portes seront fermées au public.

— On peut pisser dans cette boîte de conserve ? demande brusquement une mamie de la maison de retraite.

— Zette Schötzala, surveille un peu ton langage, lui rétorque gentiment une petite dame vêtue d'une tenue très colorée.

— Désolée Momo, mais quand ça presse, ça presse !

Fatiha sourit. Elle la tient son opportunité. La guide entraîne aussitôt le groupe vers les toilettes. Une file d'une dizaine de personnes se créée devant. Fatiha et Babette en profitent pour filer à l'anglaise et partir à la recherche de leur amie. Avec du bol, elles pourraient tomber dessus par hasard.

Glissant le long des murs, elles passent dans des couloirs d'un blanc immaculé. Le bruit des machines est assourdissant, le parfum sucré enivrant. Les filles se laissent guider par les odeurs. Si elles découvrent où sont fabriquées les tartes, elles y trouveront Francine. Ce n'est pas si difficile. L'odeur de la *Käsekueche* se distingue de toutes celles présentes dans l'usine. Le nez en l'air, Babette flaire et salive. Elle est sur la bonne route.

Sur la bonne route, mais avec une impasse de taille. Au bout du couloir se présente une grande porte blindée avec un écriteau « DANGER. Entrée interdite aux personnes extérieures ». Cette fois, elles y sont. Derrière la porte d'acier se dressent les cuves immenses de la raffinerie. Elles peuvent entendre le vrombissement des machines, le crissement du sucre concassé, broyé, réduit en miettes sous la meule. L'endroit est idéal pour faire disparaître un indésirable dans d'horribles souffrances.

— On fait quoi maintenant ? demande Babette.

— On se procure un badge.

Fatiha a raison. Sur le côté de la porte un capteur clignote. Il suffirait d'avoir la carte de la guide pour inspecter les salles des machines.

— Il faudrait un miracle pour chourrer un pass sans se faire gauler, maugrée Babette.

La porte s'ouvre, comme par magie. Si Babette avait dit la formule « Sésame ouvre-toi » elle aurait cru au miracle. Vêtu de son plus beau costume, Victor les accueille avec un large sourire. Avec un écarteur collé dans la bouche le résultat aurait été moins effrayant !

— Tiens, vous faites une petite visite guidée ? Vous avez perdu Ninine en chemin ! s'exclame-t-il en s'approchant.

Son attitude décontractée contraste avec le sourire forcé qui lui déforme la mâchoire. Fatiha et Babette n'osent plus bouger. Le restaurateur les jauge avec un air supérieur, comme un loup ravi de s'empiffrer d'un banquet de mamies bien dodues.

— Je vous connaissais plus bavardes, si vous le souhaitez, je vais vous raccompagner vers votre groupe. Il n'y a rien à voir dans les parages…

— C'est pour ça que vous étiez dans le coin ? Pour ne rien voir ? réplique Babette.

— Business is business, répond-il en lui adressant un clin d'œil. Le sucre est bien moins cher quand on se passe de la livraison. Et vous, pourquoi avez-vous quitté votre groupe de visite ? Vous avez perdu le sens de l'orientation ? Alzheimer vous guetterait ?

— Je cherchais les sanitaires, vous savez combien nos vessies sont capricieuses à nos âges, rétorque Babette.

Le restaurateur arque un sourcil avant d'éclater de rire.

— Pourquoi vous vous marrez comme ça ? demande Babette au bord de la crise de nerf.

— Je jurerais que vous étiez en train de fouiner et de fourrer votre nez dans les affaires des autres, comme la dernière fois où votre vessie « capricieuse » vous a menée dans la réserve de mon restaurant.

La condescendance de Victor insupporte Babette qui a dégainé son index pour le pointer vers la salle d'où il vient de sortir. Fatiha doit agir vite car son acolyte est sur le point de ficher en l'air leur couverture.

Un sourire crispé, Fatiha sautille sur une jambe en faisant claquer ses chaussures pour attirer l'attention de Victor. Avec ses talons elle a l'air d'une cigogne ayant marché sur du goudron brûlant. Alliant mimiques et sautillements ridicules, elle fait du surplace en grimaçant comme si elle était au bord de l'implosion.

— Qu'est-ce qu'elle nous fait ta copine ? Elle s'entraîne aux jeux olympiques pour unijambistes ?

— Désolée, mais je ne peux plus tenir ! s'exclame Fatiha au bord de la crise de nerfs. On s'est perdues en chemin…pitié pour ma dignité, je n'ai pas mis ma sécurité antifuite !

Babette se retient d'éclater de rire. Fatiha a vraiment le physique pour incarner une de ces jolies mamies bien roulées et fières de porter des couches-culottes invisibles. Niveau comédie, c'est un 20/20, rien à voir avec Victor dont le sourire empeste la mauvaise foi.

— Venez, je vais vous montrer.

Les filles se laissent guider jusqu'aux sanitaires. Une partie des visiteurs s'y agglutine encore. Avouons qu'il faut du temps pour soulager une dizaine de mamies. Surtout quand les retraités en question doivent retirer gaines ou combinaison.

— Et bien, vous avez retrouvé vos camarades, je peux à présent vaquer à mes occupations, déclare Victor en leur ouvrant la porte.

Fatiha pousse un soupir de soulagement et lui tombe dans les bras.

— Oh merci ! J'ai cru qu'on n'y arriverait jamais !

— Et ben, vous étiez vraiment à bout…

— Vous n'avez pas idée, dit Fatiha qui lui colle un baiser reconnaissant sur la joue.

Oui, Fatiha est très reconnaissante. Troublé, Victor n'a rien remarqué. Il n'a pas senti la main de la jolie Marocaine se glisser près de sa poche de chemise. Il n'a pas vu son œil briller et crier victoire. Non, Victor est trop préoccupé pour faire attention aux détails. Mais ce détail a son importance.

Caché dans l'ourlet de la jupe de Fatiha, la carte magnétique n'attend qu'à délivrer Francine.

14

LA KÄSEKUECHE DU SIÈCLE

Le même jour

Veuillez excuser la simultanéité des actions. L'autrice n'est pas responsable de la double enquête en cours. En vérité, Babette et Fatiha feraient mieux de parler tricots et petits gâteaux. Enfin, nous y voilà : nous sommes le matin après l'enlèvement de Francine. La maire est en garde à vue, et au même instant, les mamies se préparent à prendre le petit-déjeuner chez leur amie...mais vous le savez déjà !

Francis avale son septième café. La qualité ne s'est pas améliorée. La machine crachote son ignoble jus de chaussette saupoudré de calcaire. Les habitudes sont essentielles durant un interrogatoire. Elles permettent d'avoir les idées claires, de ne pas dévier de l'objectif, et de rester éveiller, cela va de soi.

En revenant vers le bureau, Francis en profite pour s'étirer et faire craquer son épaule douloureuse. Une vilaine tendinite l'agace. Il ne faut rien montrer. La moindre faiblesse briserait des heures de travail acharné. Depuis vingt-deux heures la veille, Laura Schultz est en salle d'interrogatoire. Francis la cuisine tel un bon plat du dimanche, lentement, presque avec amour. Il faut du temps pour attendrir une viande coriace comme le bourguignon. La faire mijoter à feu très doux, ne pas être pressé de lever le couvercle et de planter la pointe du couteau pour vérifier si le morceau est juteux et moelleux. Cela fait huit heures que la maire cuit à petit feu. Doucement, Francis augmente le gaz, bientôt la cocote sifflera et il sera temps de goûter le plat principal. Une petite maire bien tendre et prête à être effilochée.

Son truc pour pousser aux aveux ? Les rendre impatients, leur faire sentir qu'il joue avec eux, qu'il prend du plaisir à les voir suer à grosses gouttes et répéter constamment les mêmes excuses. Pour Laura Schultz, son refrain se résume en quelques mots « je n'ai rien à voir avec la mort de Thomas Egler ». « Rien à voir », Francis n'y croit pas. Impossible avec les preuves gardées dans un tiroir de son bureau. Mais pour le moment, il les réserve pour plus tard. Il préfère quand les aveux arrivent spontanément.

Les lèvres sur sa tasse, Francis ouvre la porte de la salle d'interrogatoire. Justine est assise au bureau. Elle fait face à l'élue municipale occupée à observer un calendrier des pompiers, l'œil vide, éteint. C'est bien la première fois que la maire perd son légendaire sourire.

Ces petits moments permettent de maintenir une tension entre espoir et crainte. Francis sait que sa gardée à vue espère sortir d'un moment à l'autre. Les gros bonnets ont souvent un as dans leur poche. Francis en possède un aussi, et il s'apprête à l'abattre.

— Ça va durer encore longtemps vos allers et retours ? s'agace la maire. Passez donc aux choses sérieuses au lieu de me faire mariner !

Francis prend une bonne gorgée de café et s'assied au bord de son bureau, tout près de la suspecte qui tente de reculer sa chaise, gênée par cette proximité.

— Vraiment dégueulasse ce kawa, dit-il très sérieusement. Justine, pense à voir si la mairie serait d'accord pour nous léguer un don, j'en ai marre de me brûler l'estomac avec cette cochonnerie.

Justine esquisse un sourire narquois. Francis n'est plus le même homme en interrogatoire. Cynique et moqueur, il ressemble à un gamin titillant une fourmilière avec une brindille.

— Et vous Laura, vous avez du bon café à votre bureau ? D'ailleurs, je ne vous ai rien proposé, vous souhaitez un verre ? Ce n'est pas tous les jours que l'on accueille une élue !

La lèvre supérieure de la maire tressaute. La soupape surchauffe, bientôt son nœud papillon tournera comme la soupape d'une cocotte-minute. Francis n'a plus qu'à augmenter la chaleur pour qu'elle se mette à table.

— Moi, le café, je le bois sans rien. Je ne suis pas très sucré. Au contraire, vous semblez apprécier une bonne pâtisserie avec votre petit noir…

— Vous commencez à me taper sur les nerfs avec vos insinuations gastronomiques !

Francis se rapproche davantage, il a touché un point faible.

— Vous n'avez pas agi seule. Il faut plusieurs personnes pour déplacer un corps. Aujourd'hui, nous sommes sûrs d'une chose, un complice s'est rendu régulièrement en forêt afin d'y envoyer des SMS du téléphone de Thomas. Tout le monde connaît la technique du bornage, si on est malin, il est facile de faire croire qu'une personne est vivante.

Tassé dans sa chaise, la gardée à vue se fait toute petite à mesure que Francis le domine de sa hauteur. Debout devant elle, il la scrute de son regard perçant, désarmant. Les yeux posés sur ses escarpins rouges, Laura Schultz transpire à grosses gouttes.

— Vous n'avez rien contre moi. Vous l'avez bien vu, j'ai validé des papiers non officiels, et alors ? Tout le monde peut faire des erreurs ! Thomas a falsifié des documents pour s'éclater dans les bois, je ne peux pas surveiller mes bénévoles non plus !

Sa voix est éraillée. Elle est lasse de se justifier, de répéter encore et encore qu'elle n'a pas fermé les yeux sur la disparition de Thomas, qu'elle n'a rien vu de suspect. Cette fois c'est la goutte d'eau, on lui attribue même un complice ! Francis a agi finement. Un coup de poker. Il ne possède qu'une petite preuve contre Victor Wagner, ainsi qu'une intuition renforcée par l'acharnement de la clique des mamies.

— Je ne vous accuse pas de meurtre, madame la maire, vous avez l'air parfaitement innocente, dit-il d'une voix douce. Il arrive parfois de se trouver embarqué dans de sordides affaires, bon gré mal gré…

Laura Schultz se fige. Ses mains tremblent sur ses genoux. Le poisson mord à l'hameçon, bientôt Francis le passera dans la panure et *Hopla* ! Un bon bain d'huile pour le déguster en *carpe frite*[55].

— Vous n'avez pas le profil d'une criminelle, les sommités n'aiment pas se salir les mains.

---

55. La carpe frite est une spécialité du sud de l'Alsace, notamment du Sundgau connu pour ses nombreux étangs.

— C'est ce que je m'évertue à vous dire ! hurle-t-elle. Je n'ai rien à faire dans cette histoire, je n'ai pas tué Thomas Egler !

Francis a du mal à dissimuler le sourire qui tire douloureusement le coin de sa bouche. La victoire est proche. Surtout ne rien montrer, continuer le jeu jusqu'à dégainer sa quinte flush royale.

— J'essaie de vous aider, continue-t-il d'un ton presque paternel. Les gardes à vue permettent d'avancer dans une affaire, cela ne signifie pas que nous sommes convaincus que vous avez supprimé un gamin. Je peine à imaginer une femme telle que vous agir de la sorte, ce serait…contre nature, non ?

Laura passe une main sur ses yeux fatigués. Elle semble lessivée. Un linge taché de vin passé dix fois à la machine aurait l'air moins terne, moins abimé que la quadragénaire.

— Vous n'êtes pas entièrement responsable. Parler allègera votre peine, les jurés seront bien plus compatissants envers une personne ayant avoué, surtout une femme. Soyez sincère, libérez votre conscience.

— Je n'ai rien fait, murmure-t-elle au bord des larmes. Rien du tout…

— En êtes-vous sûre ? Vous n'avez pas déplacé le véhicule de Thomas dans la nuit du sept juillet ? C'est étrange, car votre téléphone a borné justement à l'endroit où sa petite Dacia a été trouvée.

La maire blêmit. Elle essuie des gouttes sur son front constellé. On pourrait voir son cœur frapper contre sa gorge serrée d'angoisse. Un regard de Francis vers Justine lui indique qu'elle doit prendre les choses en main. La douceur est un bon moyen de persuasion quand la suspecte a l'air d'un enfant pris en faute.

— Madame Schultz, il est temps de vous soulager. Vous ne pouvez pas porter ce poids sur vos épaules. Vous êtes complice malgré vous, pas vrai ? lui demande Justine.

— Complice ? Vous allez vite en besogne ! Je ne sais rien...on m'a juste demandé de l'aide.

— Un coup de pouce à trois heures du matin, la nuit de la disparition de Thomas ? souligne Francis en lui tendant le relevé téléphonique. Nous savons que vous avez été en communication avec Victor Wagner à sept reprises entre trois heures et cinq heures du matin. Quel genre de service lui avez-vous rendu ?

L'élue municipale s'est liquéfiée. En sueur, la lèvre tremblante, elle est au bord de la syncope.

— Victor a été très utile, il nous rapporte beaucoup. C'est normal d'être disponible pour lui...

Francis adresse un léger clin d'œil à Justine. La jeune femme sait qu'elle doit continuer à jouer sur la corde sensible.

— C'est la réputation de Turckheim dont il est question madame la maire, dit-elle. Vous devez protéger vos concitoyens.

Schultz hoche la tête. Elle étouffe sous son nœud papillon ridicule qu'elle retire en grimaçant. Cette fois, la maire abandonne son accoutrement de fête. Quand elle lève les yeux vers Francis, elle n'est plus la même femme.

— J'étais obligée de le faire, finit-elle par avouer. J'ai reçu trop d'argent dans cette affaire. Pour le village, croyez-moi !

Son expression de détresse traduit une douleur profonde. Francis regagne sa chaise derrière le bureau, à côté de Justine chargée de noter les paroles de la suspecte ainsi que ses réactions.

— Des sous pour la commune, n'est-ce pas ? lui demande-t-il.

— Oui. C'était le meilleur moyen de hisser notre beau village, d'en faire un exemple de traditionalisme et de modernité. Vous n'imaginez pas comme il est dur d'entrer en politique quand on n'est pas un homme ! Je pouvais être fière de moi, montrer à tous ces machos qu'une femme est à la hauteur d'un village aussi emblématique que le nôtre ! J'étais prête à investir pour créer tout un univers autour des veilleurs de nuit, raviver la flamme autour de nos contes et nos légendes ! J'ai tout foiré, mon dieu, j'ai tout foiré ! J'aurais dû venir vous voir au lieu de me mêler à cette sordide affaire !

Les larmes roulent. Enfin. La maire pleure sans retenue. La culpabilité se lit dans le moindre de ses tics.

— Trouvez Magalie, elle parlera, lâche-t-elle dans un sanglot.

***

Au même instant

Le PDG de la raffinerie sort du laboratoire, un large sourire aux lèvres.

— Les nouvelles sont bonnes ? lui demande Victor en attrapant la porte à la volée pour ne pas avoir à sortir son badge.

— Merveilleuses. Notre carnet de commandes est plein à craquer. J'ai comptabilisé une centaine d'achats dès la première heure. Une vidéo sur Tiktok® pour vanter la fabrication artisanale de notre *Käsekueche* a suffi à enflammer internet. Les gens connaissent la réputation de Turckheim et de sa tarte au fromage blanc, maintenant, il suffira d'embaucher du personnel pour reproduire le savoir-faire de notre chère grand-mère. D'ailleurs, allez la voir et convainquez-la de signer le contrat, un chèque de cinq-milles euros devrait suffire à la faire taire, cette boulangère doit toucher une retraite misérable.

Victor acquiesce et entre dans le laboratoire en fermant la porte derrière lui. Seule Francine est présente dans la grande salle aux cuves monumentales. Debout devant un plan de travail, elle pétrit la pâte. Il existe pourtant des machines pour cela, mais la boulangère a insisté pour tout réaliser à la main. Elle en a besoin pour se sentir comme chez elle.

De dos, elle est belle avec ses cheveux attachés en chignon. De longs cheveux d'argent dont certaines mèches bouclent sur sa nuque blanche. Un cou d'oie. Victor l'a toujours vu ainsi.

— Bonjour Ninine, quel succès !

Francine ne lui prête pas attention, elle se contente de malaxer, l'œil vide, les mains gênées d'horribles crampes. Son arthrose s'est réveillée. Habituellement, elle en souffre à la période de l'Avent à force de préparer des *Bredala*. Cette fois, la douleur est plus intense. Au point de l'obliger à serrer les dents.

D'un pas tranquille, Victor se rapproche avant de s'appuyer au plan de travail et de chiper un morceau de pâte crue.

— J'ai vu tes copines dans les parages tout à l'heure, auraient-elles compris où tu te cachais ? murmure-t-il à son oreille.

— Elles sont loin d'être gâteuses, répond Francine sans quitter son ouvrage. Vous vous êtes mis dans un sacré pétrin, elles ne lâcheront pas l'affaire.

— Pas si tu acceptes d'être des nôtres. Heinrich t'a préparé un contrat juteux, de quoi te garantir de belles années.

Francine l'ignore. Ses mains s'enfoncent dans la pâte. Des mains fines, parcheminées par les années et délicates comme de la dentelle. On ne porte jamais assez d'attention aux mains des femmes passés cinquante ans. Pourtant elles en racontent des histoires. Celles de Francine ont su garder leur finesse d'antan, les doigts sont habitués à courir sur les bords d'une tarte, à créer des sillons élégants dans la pâte sablée. Victor se serait damné pour une caresse.

Elle sent son regard posé sur son cou. Depuis quand un homme ne l'a pas regardé ainsi ? Et si son salut était là, incarné en la personne de son ravisseur ? Elle n'a qu'à lui sourire, feindre d'accepter son offre pour sortir d'ici et dire la vérité aux autorités.

Elle veut y croire. Lentement, jouant de sa position de femme désirée, elle se tourne et plante un regard brûlant dans le sien. De ces regards qui en disent long et qui font tourner les têtes.

— Tu veux que je sois ton associée ?

Victor ne parvient plus à parler. Francine a glissé un doigt dans son élastique pour relâcher son chignon. Les longues mèches d'argent ondulent sur sa poitrine.

— Mon dieu, que tu es belle.

Il enveloppe son épaule de sa paume avant de l'attirer contre lui et l'enlacer. Francine ne montre aucune résistance. Elle pensait jouer aux James Bond girls fatales et l'entraîner dans ses filets. Pas de bol. Elle se glace d'effroi au contact de la main ayant certainement déplacé le cadavre de Thomas.

Sentant son trouble, Victor la serre plus fort. Si ce *Dottel*[56] espère l'apaiser ainsi, il se met un doigt dans l'œil ! Le dégoût qu'éprouve Francine la glace toute entière. Cette proximité est un calvaire. Victor la répugne, et elle est incapable de tenir son rôle de séductrice d'un jour. C'est bon pour les minettes et les héroïnes de film, pas pour les mamies qui souffrent de cas de conscience.

— Tout pourrait être si simple. Il te suffit de signer le contrat, lui répète-t-il. Tu aurais une belle vie, la possibilité de voyager avec l'argent que l'on te donnera. Ninine, pense au positif. Claude et moi pouvons changer ta vie.

« Changer sa vie », la sienne l'est bien assez avec les manigances du raffineur et du restaurateur. Francine ne pourra plus vivre comme auparavant. Encore moins si elle acceptait lâchement des pots-de-vin.

Séduire Victor pour obtenir une porte de sortie lui semble dérisoire. Ses tentatives sont balayées par la peur. Heinrich le lui fera payer comme il s'est vengé sur Arthur. Mais il ne s'en prendra pas

56. Familier : imbécile. Se prononce « totel ».

directement à elle. Pas à la représentante de leur marque ! Pour la faire définitivement taire, il attaquera ses proches. Babette et Fatiha en tête de liste. Non, si elle veut s'en sortir, ce ne sera pas par la manipulation. Elle tomberait dans son propre piège.

Tendue, elle se raidit comme un piquet. L'homme qui l'enlace a maquillé la mort de Thomas, et le patron de la raffinerie est un meurtrier. Pactiser avec eux serait un non-sens, une aberration. Elle devine l'engrenage dans lequel Heinrich compte l'enfermer. Elle ne sera plus libre et surtout, elle vivra avec la honte d'avoir couvert un meurtrier pour sauver ses propres miches. Sans mauvais jeu de mots, les miches de la boulangère jouent déjà des castagnettes à l'idée que leur propriétaire soit condamnée au mensonge et au silence.

— Vous pouvez vous torcher avec votre offre, murmure-t-elle.

— Laisse-toi aller pendant un instant, imagine que nous sommes ailleurs, que rien de tout ça n'est arrivé. Je t'offre la possibilité d'une vie épanouissante, opulente…

— Le fric n'y changera rien. C'est arrivé Victor, et toi aussi tu dois ouvrir les yeux. Tu crèveras de culpabilité avant ou après ta fille. Tu ne pourras pas continuer avec deux morts sur la conscience...

— Ou trois si tu n'obéis pas.

Elle éclate de rire, un rire nerveux, effroyable.

— Je suis bien la seule personne à ne pas être en danger. Heinrich me gardera sous le coude. Tu crois vraiment qu'il s'arrêtera aux tartes au fromage blanc ? Noël prochain, je te prédis le succès d'une bûche hyper addictive et de *Bredala* à rendre zinzin ! La personne en danger ici, c'est toi. Tu deviendras gênant, et là, cette saleté de raffineur pas du tout raffiné, te fera disparaître… pouf ! Plus de Victor. C'est la loi du plus fort, quand il est question d'oseille tout le monde peut être mis sur la sellette. Moi, je cuisine, j'attire le client, je suis irremplaçable.

Le claquement sinistre d'un pistolet chargé les fait sursauter.

Victor s'écarte de Francine, et se tourne vers Claude Heinrich qui les menace d'une arme. Une tablette tactile dans l'autre main, Heinrich leur montre en direct une vidéo de ses caméras de surveillance. Se faufilant entre les cuves de la raffinerie, Babette et Fatiha se dirigent tout droit vers le laboratoire où leur amie est détenue.

— Tes copines sont là, elles ont trouvé le moyen de pénétrer dans l'usine. J'ai activé le système de blocage des issues, si tu ne signes pas le contrat tout de suite, elles sont mortes.

Victor se poste devant Francine pour la protéger.

— Claude, on ne peut pas continuer comme ça. Tu ne peux pas menacer les gens et t'en débarrasser quand ils sont en travers de ton chemin.

— Pourtant ça ne t'a pas déplu que je supprime ce petit con d'Arthur, n'est-ce pas ?

— Je ne t'avais rien demandé ! Tu as agi de ton propre chef, je n'ai rien à voir avec ce meurtre !

— Oh que si, tu as poussé ce gamin à bout en lui interdisant de fréquenter ta fille, si tu l'avais laissé tranquille il n'aurait pas refourgué notre ingrédient à ton concurrent direct ! Tu sais combien de temps cela m'a pris pour créer un aspartame aussi puissant ? J'ai mis des années à créer ce produit, on doit protéger ma recette ! J'ai pris les devants pour notre entreprise, et si tu veux la voir perdurer, il va falloir se salir les mains une fois pour toutes.

— Et comment ? En supprimant deux Turckheimoises ?

— Une grand-mère, ça peut chuter dans la marmite de caramel, se moque-t-il.

La porte automatique s'ouvre subitement. Le raffineur se retourne, surpris de la défaillance du système.

Personne.

Et puis le noir total.

Quelque part, le reste de la clique des mamies vient de mettre la main sur un compteur électrique. Il suffit d'un peu de jugeote pour réinitialiser les ouvertures automatiques, notamment en coupant l'électricité et en la réenclenchant…en prenant soin de ne pas activer les lumières pour avancer en ninja ! De quoi laisser à Francine la chance de s'enfuir sans être vue.

— File ! lui hurle Victor en assénant un coup de poing dans l'estomac de son associé.

Francine ne se fait pas prier. Courant comme si elle avait le diable à ses trousses, elle s'enfuit alors qu'un premier coup de feu retentit.

15
LA CRÈME DE LA CRÈME

— Toi et tes idées ! peste Babette. Maintenant on n'y voit plus rien !

— Et on n'est plus enfermées, alors avance et tais-toi !

Une détonation les font sauter dans les bras l'une de l'autre. Pas de doute, le coup de feu provient du laboratoire juste en face. La seule pièce qu'elles n'ont pas encore fouillée.

— Ça sent le roussi, murmure Babette.

— Chut, une personne approche...

On court dans leur direction. Elles identifient deux types de démarches. Une personne courant comme un dératé, et une autre au pas fluide, allongé, dont la talonnette claque lourdement sur le béton. Inutile de voir pour comprendre qu'Heinrich poursuit Francinc. C'cst lc pas d'unc pcrsonnc connaissant les lieux et sûre d'elle, pas celui d'une femme de quatre-vingts ans effrayée et à la merci d'un cinglé accro aux Käsekueche.

— Suis-moi, murmure Fatiha à Babette.

À quatre pattes, longeant les machines encore chaudes d'avoir broyé le sucre toute la journée, le duo avance prudemment, se fiant à ses sens aiguisés par l'angoisse.

— On va forcément tomber sur Francine, continue Fatiha.

— Et sur le fou de la gâchette !

Babette n'a pas tort. Tapi dans l'obscurité, Claude avance un pistolet à la main, décidé à débarrasser sa propriété d'une invasion de nuisibles.

— Petites souris, le chat arrive, annonce-t-il d'une voix mielleuse. Inutile de vous cacher, je vais vous trouver.

Il ne croit pas si bien dire. Le voilà à quelques mètres du tableau électrique, dès qu'il l'aura remis en route, la lumière reviendra et il pourra se charger du duo aux cheveux gris.

Balayant la pièce avec son téléphone il ne voit pas les mamies cachées derrière une énorme cuve de pâte à chewing-gum.

Le dos collé à la surface métallique tiède, Babette et Fatiha se font toutes petites. Pendant un instant, elles ont cru être vues.

— Petites souris...

La lumière passe à quelques centimètres de la main de Babette recroquevillée sur elle-même.

— On ne peut pas rester ici indéfiniment, il faut repousser ce malade, murmure-t-elle.

Au même instant, le directeur parvient à réactionner le système d'éclairage. La lumière vive et aveuglante des néons révèle la présence de Francine, accroupie derrière une ligne d'emballage, proche de ses amies.

— Je vous vois ! s'exclame Claude en tirant dans leur direction.

Une salve de balles se loge dans le métal, créant un concert assourdissant. Les impacts font des étincelles comme dans les nanards américains que Babette aime regarder un saladier de popcorn sur les cuisses. Pour une fois, elle est dans le vif de l'action et elle prend conscience de la gravité de la situation. Si une balle se perd, elle ne s'en remettra pas, même avec sa jolie surface de caresses développée à force de petits-déjeuners copieux et de friandises dévorées après les visites de son fougueux Schötzi[57]. Prostrée, les mains au-dessus de la tête, elle se recroqueville, attendant la fin de l'assaut.

— On ne peut pas rester sans rien faire ! s'exclame Fatiha.

— Et tu proposes quoi ?

— Je ne sais pas, d'habitude c'est toi la plus téméraire ! Moi je suis le cerveau du groupe, l'atout moderne qui sait gérer les téléphones portab Kopfklemi[58]! Tu fais quoi là ?

57. Terme affectueux « petit chéri ».

58. Juron dérivé de Vertomi

Ignorant les coups de feu, Babette rampe et se dirige vers un levier devant lequel une affiche la met en garde : « DANGER. Actionner uniquement en cas de nettoyage de la machine ». Elle ignore l'utilité de ce manche, mais elle doit tout tenter pour repousser Heinrich. Si c'est dangereux, autant le faire ! Sauf que le levier ne se pousse pas facilement.

— Bordel ! C'est pire qu'une sécurité enfant ce truc, ça se pousse comment ! grommelle-t-elle en s'acharnant dessus.

Claude la tient dans sa ligne de mire et s'apprête à tirer. Par chance, Victor lui assène un coup violent dans la nuque et le fait tomber en arrière. Le pistolet lui échappe des mains et glisse sous une ligne de travail.

En une fraction de seconde, Victor Wagner se met à califourchon sur son associé.

— Victor ! Toujours trop fleur bleue ! se moque le raffineur en lui assénant un coup de tête.

Victor l'évite de justesse. Malgré sa blessure à l'épaule, le restaurateur a trouvé la force de les suivre. Pas question d'être mêlé à cette affaire, des morts, il en a trop provoqué ces derniers mois.

Les mains autour de la gorge d'Heinrich, il tente de maîtriser le buffle qui se débat. Le sang coule sur sa chemise blanche, la douleur due à l'impact de la balle lui fait un mal de chien. La force pour se battre, il ne la puise pas dans son corps, mais dans la volonté d'en finir avec cette affaire qui le ronge.

— Tu vas les laisser tranquilles ! beugle-t-il désespéré.

C'est sous-estimer la force de Heinrich qui le repousse d'un violent coup de genou bien placé. Sonné, Victor bascule sur le côté. Le PDG le domine de toute sa hauteur, l'œil mauvais, il lève le pied pour lui écraser le visage.

— Je t'avais pourtant conseillé de rester loyal, dit-il prêt à enfoncer son talon dans la gorge de Victor.

Les mains jointes sur le pied du géant du sucre, Victor résiste pour ne pas finir étouffé sous une godasse taille 46. Sa blessure lui arrache un cri de douleur, bientôt il ne pourra plus tenir. Il n'est pas taillé pour résister à un tel assaut, encore moins avec une balle dans le bras ! Heinrich est une montagne de muscles et de gras, le genre de bonhomme à affronter des colosses sur un ring de catch.

— Il faut l'aider ! s'exclame Francine rejointe par Fatiha.

Fatiha tire le bras de son amie pour qu'elle fasse demi-tour, mais Francine reste sur place. Elle ne peut détacher ses yeux de Victor. Sur le sol, les bras tendus et brûlants de douleur, il livre un duel avec le raffineur excité à l'idée de lui écraser le cou du plat d'un mocassin à quatre-cents euros.

Aurait-on oublié une protagoniste dans ce remue-ménage ? Un coup d'œil au-dessus de l'épaule d'Heinrich vous permettrait de voir Babette se démener avec un manche métallique.

Après moults efforts, la mamie amoureuse des joggings fluos parvient - enfin ! - à enclencher le système de nettoyage de la cuve. L'immense cocotte bascule aussitôt vers l'avant, versant des litres de chewing-gum à la fraise sur le sol. Babette a tout juste le temps de prendre la direction opposée au flux et de rejoindre ses amies l'accueillant à bras ouverts.

Très vite, une nappe de liquide rose coule jusqu'aux deux hommes. Ce ne sont pas quelques litres de gomme à mâcher qui dévalent dans leur direction, c'est toute une marée prête à les ensevelir d'un amas gluant et collant. Occupé à se débarrasser de son acolyte, Claude ne remarque pas la menace s'apprêtant à emprisonner ses pieds.

— Vite les filles ! On se casse ! s'exclame Francine.

Voyant le trio prendre la poudre d'escampette, Claude tente de faire volte-face mais il comprend trop tard que son pied gauche est totalement embourbé dans une substance collante et sucrée. Battant des bras comme un idiot, il doit sautiller sur une seule jambe pour ne pas tomber.

Pour Victor, le combat est perdu d'avance. Son dos et ses jambes sont entièrement enfoncés dans la pâte. Il est pris au piège, comme une mouche dans un pot de miel. La manœuvre de Babette ne va finalement pas dans leur sens car elles ont perdu un précieux allié. Au-dessus de lui, Claude se débat tant et si bien qu'il parvient à arracher son pied de la gomme à mâcher. La moitié de sa chaussure hors de prix y reste attachée, la gueule ouverte et riante.

— Les saletés, elles vont me le payer, grommelle-t-il.

Foutu pour foutu, Victor tente de calmer son acolyte et de le raisonner.

— Claude, les flics vont nous tomber dessus avec la maire en garde à vue, abandonne !

— Laura n'a pas encore vendu la mèche, il y a trop de fric en jeu pour faire parler cette grosse légume ! s'exclame le raffineur en essayant de marcher dans la gomme s'étirant en longs fils.

Ne pouvant pas avancer, Claude délaisse sa seconde chaussure tout comme ses chaussettes prisonnières de la substance sucrée. Pieds nus, il est plus facile d'avancer, bien que le chewing-gum forme des bulles éclatant entre les orteils. Chaque claquement annonce son avancée, et celui-ci, bien plus jeune que le trio d'octogénaires, n'a aucun mal à les rattraper.

À bout de souffle, le cœur battant au point de remuer des petits points rouges devant son nez, Francine s'arrête après quelques foulées. Sa tête tourne furieusement. L'angoisse et la fatigue lui coupent la respiration.

— Francine, il faut partir, lui rappelle Fatiha en l'aidant à se redresser.

La boulangère reprend sa respiration avec peine. La sortie semble à des kilomètres, à ce rythme, elle n'aura jamais la force d'y parvenir. Son corps la rappelle à l'ordre. Elle n'est qu'une retraitée « trop vieille pour ces conneries[59] ». Dany Glover a raison, on ne peut pas jouer les casse-coups toute sa vie.

— Allez ! On y est presque ! l'encourage Babette en tentant de la soulever.

— Vous n'irez pas très loin, menace le raffineur en braquant son pistolet dégoulinant de liquide gluant.

Heinrich se tient à une trentaine de mètres, le pistolet entre les mains, il s'apprête à faire feu. De là, il ne ratera pas sa cible.

Se tournant vers le raffineur, Francine se redresse sans ciller, sans trembler.

59. Les afficionados de Dany Glover et Mel Gibson comprendront la référence à L'Arme Fatale. Sinon, profitez donc d'une soirée TV avec un bonne bière alsacienne et des bretzels pour réviser vos classiques.

— Vous comptez dissimuler trois crimes ? demande-t-elle en lui tenant tête. Victor sera le premier à vous balancer, mais si vous l'éliminez, soyez sûr, la police vous tombera dessus. Vous êtes cerné Claude, fichu, finito !

Les paroles de Francine auraient de quoi ouvrir les yeux d'un borgne tant elles sont riches de bon sens. Il faut croire que le raffineur est aveugle car il enfonce le doigt sur la gâchette et tire en direction de Francine.

La balle ne sort pas. Seule une énorme bulle rose se forme à l'extrémité du canon et explose au visage du raffineur.

— Cette fois on y va ! s'exclame Fatiha en prenant Francine par la main.

Elles passent par la porte menant au laboratoire avant d'arriver dans la fabrique de confiseries. Passage obligatoire avant d'atteindre le graal : le hall principal menant à la sortie.

Le claquement des bulles de chewing-gum les alerte. Le patron de l'établissement est sur leurs talons et impatient d'en découdre.

— Attendez les filles ! s'exclame Francine en s'arrêtant devant une chaîne de travail consacrée à l'emballage de bonbons à sucer.

Devant elle s'entassent des dizaines de caisses remplies de bonbons prêts à être emballés. Poussant de toutes ses forces, elle renverse l'amoncellement de boîtes qui répandent des billes sautant joyeusement sur le sol. Francine ne peut réprimer un rire à la vue d'Heinrich glissant sur les bonbons et hurlant de douleur alors qu'ils se collent à ses pieds couverts chewing-gum.

— S'il nous improvise une danse à la Rabbi Jacob je serais capable de tout lui pardonner, se moque-t-elle en rejoignant ses amies.

— On rira quand on sera dehors, prévient Fatiha.

Un léger sourire aux lèvres, elles traversent la fabrique de bonbons, bien plus sereines. Derrière elle, Heinrich est ralenti par les confiseries nichées sous ses pieds.

Il ne leur reste que quelques mètres à parcourir avant d'atteindre la porte menant au couloir communiquant avec le hall principal. Quarante mètres avant de rejoindre la Clio de Babette et chercher les secours.

Soulagée, Babette fouille dans ses poches pour saisir sa clé qu'elle embrasse fiévreusement, trop heureuse d'avoir réussi sa mission de sauvetage.

— Je crois que cette fois, on est tiré d'af…

Deux détonations les font se jeter au sol. La pièce tremble sous les coups. Pourtant, Heinrich les talonne et clopine de façon ridicule pour les rejoindre. Le danger vient du hall central.

— Ne me dîtes pas qu'ils ont encore un associé dans cette affaire ! maugrée Francine.

Les trois amies restent immobiles, hésitant entre faire demi-tour et affronter le raffineur dont la voûte plantaire est réduite en charpie, ou aller de l'avant et se confronter à une personne armée. Le choix est tout fait, elles se retournent vers Heinrich.

— Mince, ils sont combien ? s'exclame Babette la voix couverte d'un tonnerre de claquettes.

Ce n'est pas une poignée d'individus qui déboule dans le couloir, mais une bonne trentaine avançant d'un pas militaire. Même Heinrich s'est statufié, la bouche béante, les yeux exorbités.

Francine sourit. Elle a gagné, elle le sait au regard effrayé de son ravisseur.

— La fête est finie, murmure-t-elle en ouvrant la porte à la garnison de gendarmes menée par Francis Schmitt.

ÉPILOGUE

À défaut de petit-déjeuner, l'apéro tire aussi de belles lettres de noblesse. Surtout quand Babette s'y colle et prépare son fameux cocktail rhum coco banane. Rien de tel pour se requinquer et fêter la fin de l'été.

Il est près de vingt-deux heures. La clique s'est retrouvée autour d'un apéro dînatoire où le punch coule à flots et les bricks au thon emplissent joyeusement les estomacs gourmands.

La terrasse de Francine a déjà des allures automnales, les hortensias ont perdu leur éclat et commencent à se parer de couleurs délavées. Bientôt, les fleurs séchées seront assemblées dans un vase et posées en évidence sur la cheminée. Francine aime garder une trace des cadeaux de l'été.

Elle a besoin de douceur après le coup de chaud qu'elle vient de vivre. Ses aventures de détective en herbe lui ont apporté un sacré lot de soucis. Entre les témoignages à la police, les interviews et les émissions de radio consacrées aux faits divers, la fougueuse octogénaire et ses amies ont créé l'évènement. Notons qu'il est assez rare de voir des civils mener une enquête de leur propre gré, et encore moins un « gang » de mamies ! Une autrice locale est même venue leur demander l'autorisation de s'inspirer de leur trio pour créer un nouveau genre de roman.

Cette drôle de popularité, Francine a du mal à la digérer, surtout quand il s'agit de parler des veilleurs de nuit. Par respect pour eux, elle s'est faite toute petite et a demandé à être soutenue par un attaché de presse chargé de répondre à sa place. Le feu des projecteurs ne l'intéresse pas. Ce qu'elle aime par-dessus tout, c'est la douceur d'un punch frais partagé sur la terrasse où tombent les premières feuilles mortes.

Là, dans le calme de cette fin d'été, Francine savoure le calme retrouvé.

Enfin, elle va pouvoir retourner à ses tricots et ses Bredala, ses mots croisés et ses soirées films avec ses deux amies. Un quotidien de mamie. Un train-train aussi monotone que la saison à venir.

Mince. Francine a le blues tout à coup. Et si l'ennui frappait à sa porte ? Si ce goût du risque ne tarissait pas ? Elle se sent totalement desséchée, éprouvant le besoin de boire pour soulager une altérable soif d'aventures.

Un regard à ses amies suffit à lui faire comprendre qu'elles éprouvent la même chose. Une main sur la joue, Babette sirote son verre en jouant avec une paille. Fatiha n'a pas touché à sa boisson sans alcool, rêveuse, elle caresse Mistinguette, le regard vide, ailleurs.

— Les filles, on n'a pas pensé à trinquer, leur rappelle Francine pour briser le silence.

Secouant la tête comme pour sortir du sommeil, Fatiha saisit son verre et en renverse sur la chatte qui s'enfuit à l'autre bout du jardin.

— Mince, bredouille-t-elle, on trinque à quoi ?

Le trio se regarde pendant un instant. Et puis, comme un signe du destin, la voix du veilleur de nuit retentit.

— Han Sori zu Fir und Liacht dass uns Gott un Maria b'hiet[60] ! entonne-t-il en passant dans la rue avec un petit cortège de touristes.

Le regard nostalgique, les mamies s'observent en repensant aux frissons éprouvés lors de leurs longues veillées pour découvrir le secret entourant la disparition de deux figures emblématiques du village.

Ignorer le plaisir ressenti à démêler la vérité serait un mensonge.

Le verre en l'air, Francine sourit avant de proposer avec malice :

— Et si on trinquait à de nouvelles aventures ?

60. Prenez soin de l'âtre et de la chandelle Que Dieu et la Vierge nous protègent. Source : «**Le veilleur de nuit de Turckheim**» Société Wickram Turckheim, chant n° 1

LE CHANT DU VEILLEUR DE NUIT

Source : «Le veilleur de nuit de Turckheim» Société Wickram Turckheim, chant n° 1

Écoutez ce que je veux vous dire
La Cloche vient de sonner dix heures !

Prenez soin de l'âtre et de la chandelle
Que Dieu et la Vierge vous protègent
Me voici de garde
Que Dieu nous donne à tous une bonne nuit

Horricha was ich eich well saja
Dia Glock het tzeni gschlaja !

Han sori zuFir und Liacht
Dass uns Gott un Maria b'hiet !
Jetzt stand ich auf d'r Wacht
Gott gebt uns alle' a gueti Nacht

REMERCIEMENTS

Un grand merci aux éditions du Bastberg pour cette parution et d'avoir osé publier leur premier cosy mystery…le mien aussi ! Ce roman voit le jour grâce à l'aide d'un formidable groupe de lecteurs ayant eu la gentillesse de me lire, de me guider, de rire et frémir avec la clique des mamies. Comme toujours, merci à ma fidèle et pointilleuse Joséphina Krasnopolski et sa traduction alsacienne aussi pertinente que détaillée. Merci à mes chers bétas lecteurs : Nicolas « monsieur incohérences et vive la Lorraine ! », merci à Virginie et Yvette les « chasseuses de répétitions », merci à Isabelle et à son œil de Lynx.

Merci à mes chères amies Laure et Cynthia qui m'ont évité un cataclysme politique en me proposant une modification de taille au dernier moment.

Évidemment, merci à vous chers lecteurs, de bien vouloir me suivre et me découvrir dans un genre différent.

Imprimé par
Pulsio

2, impasse des Arquebusiers
67500 Haguenau
Dépôt légal : octobre 2023
Réédition : février 2024
ISBN : 9782358592109

Mise en page : Annabelle Diot